U0464998

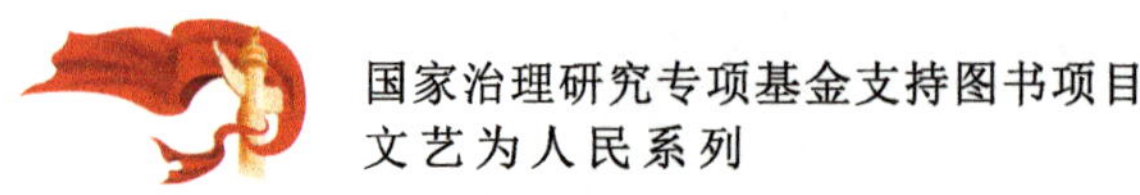

国家治理研究专项基金支持图书项目

文 艺 为 人 民 系 列

马中立诗歌选

SELECTED POEMS OF MA ZHONGLI

石榴花开红又火

马中立著

中央民族大学出版社
China Minzu University Press

图书在版编目（CIP）数据

石榴花开红又火 / 马中立著．—北京：中央民族大学出版社，2025.3

ISBN 978-7-5660-2231-8

Ⅰ.①石… Ⅱ.①马… Ⅲ.①诗集－中国－当代 Ⅳ.①I227

中国国家版本馆CIP数据核字(2023)第134751号

石榴花开红又火（马中立诗歌选）

作　　者　马中立
责任编辑　舒　松
书名题字　龙开胜
配图摄影　崔文斌等
主题篆刻　周建远
装帧设计　布拉格
出版发行　中央民族大学出版社
　　　　　北京市海淀区中关村南大街27号　邮编：100081
　　　　　电话：(010) 68472815（发行部）　传真：(010) 68932751（发行部）
　　　　　　　　(010) 68932218（总编室）　　　　(010) 68932447（办公室）
经 销 者　全国各地新华书店
印 刷 厂　北京建宏印刷有限公司
开　　本　787×1092　1/16　印张：15
字　　数　160千字　插图　143幅　篆刻　38枚
版　　次　2025年3月第1版　2025年3月第1次印刷
书　　号　ISBN 978-7-5660-2231-8
定　　价　88.00元

序

林 峰

与军旅诗人马中立先生因诗结缘，意气相投。数年间往来频繁，唱和不断。马兄为人豪爽，禀赋甚高，平日里手不释卷，好学不怠。每每沉浸于诗山词海之间而不能自拔，或读或诵，或研或写，天长日久便将诗词当成了日常知己，真可谓：不可一日无此君也。如此，则日有所得，夜有所悟，日积月累，故精进勇猛，所作亦丰也。近日闻说其大作《石榴花开红又火》行将付梓，故又有先睹为快之乐也。

《石榴花开红又火》为马兄近十年之诗歌总集。全书共分三辑加一附录：其一为“点赞大家园”，是诗人巡礼祖国大地呈现各地风土人情及其新时期精神风貌之系列颂歌；其二为“漫步美世界”，从大自然美景入手，诗咏春花秋月、冬雪夏雨与传统字画等，进而赞颂人世间之优良品德与美好愿景；其三乃“讴歌新时代”，从“初心不忘”到祖国各地蓬勃振兴态势，诗人以其独特经历和专业角度盛赞祖国新时代的伟大成就，讴歌中华民族的光荣与梦想。附录为“试笔古诗词”，诗人以格律体之形式，着眼于中华优秀传统文化之继承与弘扬，包括二十四节令、十二生肖、山水游记与节日随感等，并关注当代发展成就，贺脱贫攻坚战胜利等，旧体诗亦有诸多新意。

该诗集正气充沛，情绪昂扬；内容丰富，重点突出。读来深觉其作品能紧叩时代脉搏，反映祖国昌盛，体现民族团结之宏大图景。更觉其作品注重系列性，风格多样，既有格律诗词，又有新体歌诗。尽管在格律诗词创作上还略显稚嫩，但也足以表明诗人之创作实践与诗性思维皆与众不同，别有兴味。诗人另有一整体构思、系统推进之创作方法，即围绕某一主题进行系列写作，几经锻造现已取得阶段性成果并遂步形成可持续提升之想象力与创造力。

诗集多佐以写意化宽景图片，呼应于典雅凝练之文本语言意境，相得益彰。如此赏心悦目之阅读体验，可视为本书又一可资圈点之处。

诗集取名《石榴花开红又火》，即源自本诗集中的一首主题诗作，其寓意为中华民族大家庭如石榴籽一样紧密相拥，不可分离；其前景又如同石榴一样激情似火，饱含吉祥与荣光，充满不断向上的青春活力。记得诗人曾与吾言道：愿以此集为新时代放歌，为中华民族放歌，为中国梦放歌，今细细想来：此正是诗人家国情怀之所寄，亦诗人永恒不变之创作初衷也！

是为序

林峰

辰龙初夏复叙于京东一三居

目 录

Contents

第一辑 点赞大家园

第二辑　漫步美世界

第三辑 讴歌新时代

附录　试笔古诗词

第一辑　点赞大家园

以《黄河母亲河》为题发表于《牡丹》2021 年第 5 期

祖国母亲河

混沌初开，
黄河之水天上来。
九曲十八弯，
纵横神州向大海。
吻过千座山，
亲过万家寨，
一路豪情心澎湃。
两岸五谷香，
船工号子响天外。
黄河，我的母亲河呦，
吃你的乳汁，
爱你的情怀。

文明伊始，
诗书礼乐放异彩。
一脉五千年，
华夏家风从未改。
播下炎黄种，
哺育五色土，
生生不息传万代。
拥抱五大洲，
捧给人间一片爱。
黄河，我的母亲河呦，
叹你的伟大，
唱你的胸怀。

美在四季・阿尔山

美在一处的是名山大川，
美在一时的是昙花一现。
有一个地方美在四季，
她的名字叫阿尔山。

阿尔山的春天，
尽管来得有些徐缓，
但她却是那么怡然。

此时的阿尔山，
冰雪消融的大地，
和鸣着溪水潺潺。
连绵无际的森林，
阳光下萌绿如烟。
片片俏丽的白桦林，
映衬着一簇簇红杜鹃。

阿尔山的夏天，
不仅是避暑的天堂，
更是人们难舍的依恋。

这里的风，
吹蓝了天，
吹绿了草原。
白云和羊群，
倘佯在辽阔的天地间。
这里的水，

充沛在湖泊、河流和山泉。
天池静谧神奇，
哈拉哈河婀娜蜿蜒，
还有那沁人心扉的五里泉。

这里的火山岩，
伟岸林立，
沧桑了万年。
石塘林，
一座火山历史博物馆。
大自然的力量和美，
怎能不叫人惊叹！

阿尔山的秋天，
同样是收获的季节，
更是视觉美的盛宴。

漫山遍野的五光十色，
或深或浅，
时明时暗。
油画家们难以落笔，
摄影者们流连忘返。

大街小巷的秋天味道，
或浓或淡，
若醇若鲜。
丰收者把酒杯举起，
旅行者把行囊装满。

“打卡”去处
是火车站和中蒙口岸，
或来或往，
时近时远。
忙绿的人洋溢着笑脸，
驻足的人浮想联翩。

阿尔山的冬天，
既是冬游者的最爱，
更是雪旅人的首选。

巍巍兴安，
茫茫雪原。
纯洁的祥和气息，
铺天盖地静静弥散。

河面上云蒸霞蔚，
河岸边雾凇盎然。
难忘的不冻河，
冰天雪地的奇特景观。

闻名遐迩的圣水，
数十个雪地泉眼。
神奇丰富的洗疗元素，
让一些病人康复强健。

阿尔山，
四季的阿尔山，
大美风光，
如梦如幻。
你是旅游休闲的圣地，
你是美好心灵的家园。

本作发表于 2021 年 3 月 15 日《兴安日报》
2023 年由诗电影平台重点推荐

哈尔滨江畔

松花江水三千里，
哈尔滨江畔最美丽。
这里有一条街：
密密麻麻的方石，
承载了沧桑世纪。
熙熙攘攘的行人，
昭示了商贾云集。
高高低低的欧式建筑，
彰显了艺术魅力。
啊！中央大街，
老百姓热爱你！

这里有一座塔：
在江畔骄傲地矗立。
不论春夏秋冬，
不管风霜雪雨，
守望着百里长堤。
这是英雄城市的地标，
这是人民力量的标记。
啊！防洪纪念塔，
老百姓景仰你！

这里有一架桥：
百岁铁桥，
卓越资历，
当年松花江上数第一。
百岁铁桥，
焕发生机，
如今成为网红打卡地。
百岁铁桥，
红色之旅，
不断浓厚着理想主义。
啊！滨州铁路桥，
老百姓忘不了你。

松花江水东流去，
江畔故事传万里。
春风化雨新时代，
哈尔滨江畔最美丽。

《梦里雪乡》发表于《参花》2021 年第 3 期

梦里雪乡

飘雪的日子，
梦里的雪乡。
我深深地把你向往。
狗拉爬犁满街跑，
冰冻山果任意尝。
山上滑雪，
河里溜冰。
林海深处，
还有温暖的小学堂。
我在这里玩耍，
我在这里成长。
啊！思念的雪乡，
是我可爱的家乡。

飘雪的日子，
梦里的雪乡。
我深深地把你向往。
满山玉树开琼花，
大地一色着银装。
红灯似火，
毡雪如被。
关东院里，
更有那小烧红高粱。
我在这里陶醉，
我在这里徜徉。
啊！遥远的雪乡，
是我幸福的梦乡。

天涯海角

天涯海角并不远，
就在咱家大门前。
南海是前庭，
大陆是后院。
这里天连着海，
海连着天。
海天一色，
旭日如火彩霞炫。
这里浪排着浪，
湾邻着湾。
浪湾之间，
是那迷人的金沙滩。
这里林挨着林，
山挽着山。
四季椰风，
三角梅红花满园。
天涯望海角，
日月石相伴。
海枯石烂，
那是生命对爱的呼唤。
响亮的名字，
多情的海岛，
让我们相聚在海南。

发表于 2019 年 12 月 30 日《三亚日报》

鸿雁飞到阿佤山

二0二一年，
北京的鸿雁，
飞到阿佤山。
阿佤山，
云海日出，
彩霞飞满天。
首都的厚爱，
温暖了沧源山水间。
不曾忘，
同仇敌忾，
抗敌守边关。
不会忘，
千群一心，
脱贫打攻坚。
阿佤人民唱新歌，
歌唱新时代，
新歌代代传。

二0二一年，
北京的鸿雁，
飞到阿佤山。
阿佤山，
木鼓激荡，
长发舞翩跹。
深情的嘱托，
澎湃了边疆大西南。

听党话，
建设边疆，
兴国兴家园。
跟党走，
矢志不渝，
爱国爱家园。
阿佤人民唱新歌，
歌唱新时代，
新歌代代传。

贵州山水情

山连着山绕山行，
水邻着水傍水生。
杜鹃花，
花红乌蒙山
赤水河，
香飘四季风。
风雨桥连通高速路，
吊脚楼胸怀天下情。
千户苗寨，
彰显民族特色，
世纪水书，
书写中华文明。
六月六，
铜鼓声声响山外，
三月三，
侗族大歌飞北京。
贵州的山有情，
贵州的水有情，
山水相依大交融。
贵州儿女心连心，
石榴花开好光景。
一起走进新时代，
实现伟大复兴的中国梦。

（2024年4月贵州之行新作）

大美凉山

古老的凉山，
天高地远。
南北通云贵，
东西接藏川。
彝族的火把，
照亮了古道驿站。
南丝路上，
千难万险，
马铃叮当响，
声声在耳边。

曾经的凉山，
红色经典。
彝海结盟地，
难忘小叶丹。
红军的旗帜，
映红了彝区山川。
长征路上，
万水千山，
种下红军树，
记住结盟泉。

如今的凉山，
地覆天翻。

刀耕到小康，
一跃跨千年。
一个不能少，
温暖了大小凉山。
振兴路上，
携手向前，
满山红杜鹃，
朵朵正鲜艳。

水家谣

都柳江，
尧人山，
山高水清上千年。
父亲山有爱，
母亲河水甜。
座座村寨，
点点炊烟，
水家儿女，
住在沿江两岸。

水家语，
水家言，
一部水书[1]代代传。
古老的符号，
灯塔光灿灿。
一字一句，
一张一片，
水家文明，
写在字里行间。

马尾绣，
七彩线，
吉祥图案永不变。
母亲的祝福，
四季春晖暖。
龙凤呈祥，
蝴蝶翩翩，
水家亲情，
绣在背带里边。

过端节②，
庆丰年，
谷熟稻黄开新端。
东方情人节，
卯坡打花伞。
水歌水舞，
把酒言欢，
水家风情，
红了张张笑脸。

【注释】

①水书：即水族文字，水语称其为"泐睢"。主要用来记载水族的天文、地理、宗教、民俗、伦理、哲学等文化信息。

②过端节：流行于三都水族自治县的传统节日。端节一般在水历十二月至次年二月（约在农历十月初至十一月中旬），时长49天，被称为世界上最长的节日。传统庆典活动主要有家族祭祖、端坡赛马、文艺表演、体育竞技、铜鼓和木鼓演奏等。

美丽三岛

十万山，
北部湾，
京族三岛① 手相牵。
鹤鸣巫头岛，
万尾金沙滩，
山心岛外打渔船。
海上撒渔网，
滩头鱼儿鲜。
美丽的京族三岛，
你装点了祖国江山。

红树林，
万鹤山，
风吹浪打坚如磐。
跳罢竹竿舞，
弹起独琴弦，
哈哥哈妹渔歌晚。
山顶月初上，
天边飘火焰。
美丽的京族三岛，
你幸福了生活家园。

【注释】

①京族三岛：是指中国与越南交界处的巫头岛、万尾岛、山心岛三个小岛，属广西防城港市下辖的东兴市江平镇。因是京族聚居地，故习称“京族三岛”。

西双版纳泼水节

傣乡

彩云之南傣家乡，
风景如画好地方。
青山吐翠，
百鸟放歌唱。
绿水绕城，
千秋情丝长。
菩提树掩金佛塔，
风铃沙沙沐霞光。
吊脚楼依凤尾竹，
月亮挂在竹梢上。
山青青，水长长，
傣家儿女，
爱家爱国爱边疆。

彩云之南傣家乡。
风情难忘好地方。
岁月有痕，
贝叶留余香。
人间有爱，
文明是天堂。
象脚鼓震泼水节，
孔雀舞开锦霞装。
花统裙裹傣家女，
片片水花送吉祥。
风悠悠，情长长，
傣家儿女，
又真又美又善良。

高高的碉楼

岷江岸，
云朵旁，
高高的碉楼是家乡。
碉楼是通天的路，
碉楼是避风的港。
白云悠悠敲皮鼓，
纳吉纳娜[1]天天唱。
江水滔滔送日月，
羌笛声声话苍桑。

大山岗，
栈道旁，
高高的碉楼是家乡。
碉楼有儿时的梦，
碉楼有白发的娘。
梦里穿上踏云鞋，
行走云端看太阳。
牧歌羊群出羌寨，
满山遍野尽芬芳。

【注释】

①纳吉纳娜：特指羌族传统山歌。

基诺山

基诺山，茶山谷，
西双版纳景洪府。
千年古茶园，
百年老茶树，
普洱茶香世界殊。
茶饼好似三秋月，
茶汤赛过红宝珠。
茶马古道艰辛事，
茶名天下有坦途。

基诺山，茶山谷，
一方天地皆厚土。
高高参天树，
纤纤凤尾竹，
红土地上生万物。
阿妹从小会纺线，
织出月亮花一束。
送给阿哥身上穿，
深山狩猎能伏虎。

基诺山，茶山谷，
云雾散尽红日出。
跨入新时代，
告别贫困户，
一同走上幸福路。

七彩云端

七彩云端是德宏，
大山深处好家园。
日月山接横断南，
古老血脉代代传。
男儿搭弓忙狩猎，
女儿背箩手握镰。

德宏儿女爱打扮，
打扮亮出美和胆。
姑娘银泡叮当响，
赛过孔雀迷人眼。
小伙爱敲象脚鼓，
从小练就男子汉。

德宏儿女越千年，
千年过后绽新妍。
男女老少齐歌舞，
目瑙纵歌[①]万人欢。
如今迈向幸福路，
特色水酒醇又甜。

【注释】

①目瑙纵歌，一写目脑纵歌，又称“总戈”，意为“欢聚歌舞”。目瑙纵歌节是景颇族最盛大的传统节日，数万人踩着同一个鼓点起舞，规模宏大、震撼力很强，是中国西部地区的民族狂欢节，有“天堂之舞”“万人狂欢舞”的美称。在德宏州景颇族聚居地，每年的正月十五前后就是目瑙纵歌节。届时，村村寨寨都要竖起色彩班斓的目脑柱，敲着欢庆的大鼓，在广场或草坪上盛装欢腾起来。在“目瑙纵歌”的整个仪式中，景颇族人民追寻着“目瑙示栋”上的景颇文化历史踪迹。汇集着按一定程序编织起来的各种神秘文化符号的“目瑙纵歌”，几乎包含了景颇族相沿成习的传统文化的最主要内容（布拉格加注）。

拉祜山乡

澜沧江水，
浪花朵朵。
像一串串音符，
吟唱历史的老歌。
从远古深处传来，
讲述造天造地的传说。
“葫芦”问世①，
搭起拉祜村落。
几多世纪，
几多蹉跎。
拉祜儿女坚强走过。

拉祜山乡，
新村座座。
像一颗颗珍珠，
装点美丽的山河。
在苍山翠林闪亮，
燃起千家万户的烟火。
炊烟袅袅，
飘出《芦笙恋歌》。
新的时光，
新的生活。
拉祜儿女共享快乐！

【注释】

①"葫芦"问世：据拉祜族创世史诗《牡帕密帕》《说典噜典》传说，农历十月十五，天神让拉祜族的祖先从葫芦中走出，奔向太阳。因而葫芦节也成为澜沧县拉祜族最隆重的节日。葫芦已然成为拉祜族的吉祥物和生活伴侣。在过去，出门总离不开葫芦，尤其是男人，身上至少要带三个葫芦，一个装水或酒、一个装火药、一个就是葫芦笙。现葫芦节期间，澜沧等地举行隆重的物资交流会，开展葫芦文化节活动，举办盛大的群众性芦笙舞比赛等（布拉格整理）。

五指山情歌

五指山上藤咬藤，
万泉河水浪打浪。
阿哥爱妹藤咬藤，
阿妹爱哥浪打浪。

阿哥林中唱情歌，
阿妹月下梦情郎。
一年最盼三月三①，
相亲相爱船型房。

鼻箫缥缈情不断，
槟榔树下阵阵香。
槟榔最是有情物，
情定终身送槟榔。

黎家儿女的爱，
就像那五指山上松林翠。
黎家儿女的情，
就像那万泉河水清又长。

【注释】

①“三月三”：黎族三月三节，又称爱情节、谈爱日，黎语称“孚念孚”，每年农历三月初三举行。届时，黎族人民都会身着节日盛装，挑着山篮米酒，带上竹筒香饭，从四面八方汇集一起，或祭拜始祖，或三五成群相会，弹奏乐器、对歌、跳舞来欢庆佳节。青年男女更是借节狂欢，以歌会友，以舞传情，沉醉在幸福的爱河里，直到天将破晓，才会依依惜别，相约来年三月三再会。三月三在中国西南一些少数民族地区，同样也是盛大的传统节日。

四季渔歌

黑黝黝的土地，
绿葱葱的山。
清粼粼的江水，
瓦蓝蓝的天。
赫哲人，
生活在这三江岸。

春雷响，春江暖，
三春开江张渔帆。
夏水长，夏鱼全，
渔歌满江鱼满船。
鲑鱼肥，鳇鱼鲜，
秋网张张笑开颜。
钓冬鱼，打冰镩，
一网千斤最壮观。

忙不完的四季，
迎来丰收年。
唱不完的渔歌，
有苦也有甜。
赫哲人，
热爱三江大平原。

现实版的乌苏里船歌（美编合成图）

六盘山花儿红艳艳

西北高原云淡淡，
六盘山花儿红艳艳。
清水河畔歌声亮，
处处花儿和少年。

风雨苍桑路漫漫，
六盘山上建家园。
西北儿女多辗转，
千年岁月花相伴。

红军长征曙光现，
六盘山上红旗卷。
花儿是那吉祥曲，
六盘是那胜利山。

西北高原好山川，
六盘山花儿红艳艳。
砥砺前行手拉手，
民族复兴肩并肩。

中國馴鹿之鄉

敖鲁古雅·使鹿部落

曾经的敖鲁古雅，
神秘的使鹿部落。
大兴安岭深处，
是她们的住所。
松涛阵阵，
鹿鸣呦呦，
送走了无尽的寂寞。
驯鹿，鄂温克人的朋友，
相伴相依每一刻。
敖鲁古雅，
驯鹿的自由王国。

如今的敖鲁古雅，
最后的使鹿部落。
美丽的根河，
从她们身边走过。
炊烟袅袅，
楼宇座座，
带来了生机勃勃。
驯鹿，鄂温克族的象征，
走进历史的长河。
敖鲁古雅，
鄂温克人开启了新生活。

马背上的姑娘

马背上的姑娘像朵花，
生在伊犁天山下。
唱着歌声来，
弹起冬不拉。
妈妈给我备马鞍，
爸爸把我送上马。
千里草原迎旭日，
万丈雪山送晚霞，
一骑任挥洒。

马背上的姑娘追小伙，
小伙是匹黑骏马。
相约到赛场，
马上见高下。
小伙回头连相望，
姑娘一跃追过他。
高高马鞭轻落下，
青春路上绽芳华，
双双闯天涯。

翠盈盈的凤凰山

翠盈盈的凤凰山，
清悠悠的剑江河。
最是一年好去处，
仫佬儿女来走坡①。

水灵灵的花枝妹，
黑黝黝的后生哥。
山歌有情落花雨，
山花有爱铺满坡。

红朴朴的苹果脸，
甜蜜蜜的心窝窝。
哥送月饼妹送鞋，
留下花种一颗颗。

古老的走坡正年轻，
如歌的爱呀像花朵。
百里长廊花锦绣，
仫佬山乡处处歌。

【注释】

①走坡：此指走坡节，是仫佬族青年对歌交友的传统节日，流传于罗城、柳城等仫佬族聚居区。走坡节现已成为仫佬族的中秋节，届时当地政府组织民众，举办各种文化与经济交流活动。

纳西花开

千座高山有爱，
爱在玉龙雪山。
万里长江有恋，
恋在金沙江湾。
仰望圣洁雪山，
玉龙蜿蜒入云端。
侧听滔滔丽水，
金沙转调向中原。
纳西儿女，
绝世真情天地间。
纳西花开，
花开在
大山大水大自然。

千年古城有源，
源流文明璀璨。
万卷秘籍有灵，
灵在东巴经典[①]。
一曲纳西古乐，
唐宋雅音飞庭院。
浩瀚东巴典籍，
人类史上见奇观。
纳西文化，
多智多元多变迁。

纳西花开，
花开在
中华民族大花园。

【注释】

①东巴经：是纳西族特有的原始宗教——东巴教经书。《东巴经》大约产生于公元11世纪以前。《东巴经》多数是用象形表意的东巴文书写在一种特制的树皮纸上，常用于东巴教作道场时朗诵。《东巴经》经东巴的口诵手抄，世代相传保存下来，成为东巴文化的主要载体。《东巴经》卷宗浩繁，内容极其丰富，哲学、历史、宗教、医学、天文、民俗、文学、艺术等无所不包，被誉为纳西民族的"百科全书"，影响广泛，闻名世界。由古至今，世界上以成千上万卷图画象形文字记录一个民族千百年辉煌文化的，可能只有纳西族的《东巴经》。现尚存的两万多卷分别收藏于中国北京、云南、台湾、南京，以及美、英、德、法、意、荷兰等国图书馆和博物馆（布拉格图文合释）。

贡山县境内东有碧罗雪山，中有高黎贡山，西有担当力卡山。怒江和独龙江纵贯于三山之间，形成了“三山高耸，两江并流”的奇特自然景观

怒江大峡谷

山横断，江并流，
巨龙咆哮水怒吼。
雪峰耸立比天高，
峡谷深深通九幽。
绝壁两岸悬溜索，
浅滩几处独木舟。
四季十里不同天，
攀枝花红写春秋。
怒江大峡谷，
多少辛酸多少愁。

天蓝蓝，云悠悠，
江岸烟火年岁久。
大山度日难上难，
峡谷谋生险中求。
如今山鸟惊世变，
座座路桥竞风流。
五月杜鹃盛开日，
迎客高举同心酒。
怒江大峡谷，
无限风光无限秀。

帕米尔

帕米尔，你在哪里。
你是那么壮美，
又是那么神奇。
你离太阳最近，
把五大山脉汇集。
你让冰峰高耸，
把广袤苍穹托起。
你让雪莲花盛开，
染红了高原四季。
啊，帕米尔
你在祖国蔚为壮观的花园里，
你是祖国最峻美的一方高地。

帕米尔，你在哪里。
你是那么宏伟，
又是那么挺立。
你是丝路王冠，
把文明贯连东西。
你是鹰的摇篮，
把勇敢装进鹰笛。
你是不朽的长城，
宣誓了国家伟力。
啊，帕米尔
你在塔吉克历史的长河中，
你在塔吉克儿女的血脉里。

帕米尔，为塔吉克语，意即世界屋脊，平均海拔超过 4000 米。而帕米尔雄鹰是塔吉克人的一种精神象征

普米山村木楞房

小凉山，
金沙江，
普米山村木楞房[①]。
三坊一照四合院，
最温暖的是火塘。
火花仿佛星星闪亮，
炊烟充满幸福吉祥。
困在阿妈的歌声里，
睡在阿爹的肩头上。
除夕夜，
换新装，
成人礼后走四方。

山苍苍，
水茫茫，
普米山村木楞房。
梦里依稀多少事，
最难忘的是故乡。
新醅喝出木屋味道，
茶香飘逸辫子姑娘。
牵挂爹妈的身体好，
期盼故乡的新模样。
他乡山，
他乡水，
我的故乡在远方。

【注释】

①木楞房：纳西、普米、独龙等民族的传统民居建筑。曾流行于云南省丽江纳西族自治县、宁蒗彝族自治县、四川木里藏族自治县、兰坪白族普米族自治县、维西傈僳族自治县、贡山独龙族、怒族自治县等地。因其墙和顶，均用圆木楞和木板扣搭覆盖而得名。

高黎贡山

高黎贡山大舞台，
傈僳山歌信口来。
怒江波涛和声唱，
万丈峡谷飞天籁。

高黎贡山大舞台，
敢上刀山下火海。
不畏艰险英雄汉，
两岸群山齐喝彩。

高黎贡山大舞台，
硬弓强弩随身带。
保家卫国杀豺狼，
百步穿杨真厉害。

高黎贡山大舞台，
彩虹大桥通山外。
绝壁悬崖何所惧，
小康路上大步迈。

黔北山水等你来

黔北山水等你来，
婺星陨石飞天外。
乌江水淘丹砂红，
白果银杏一排排。
开荒辟草竹王后，
黔北儿女一代代。

黔北山水等你来，
贺龙部队过村寨。
穷人队伍帮穷人，
红军官兵受爱戴。
黔北乡民帮红军，
“红嫂”故事传千载。

黔北山水等你来，
黔北乡亲巧安排。
接风洗尘头道茶，
八仙醉酒尽开怀。
四方团圆九碗菜，
人间盛情三幺台①。

【注释】

①三幺台：仡佬族待客习俗。一次宴席，要经过茶席、酒席、饭席才能结束，故称“三幺台”。该习俗流布于黔北的正安县、道真、务川仡佬族苗族自治县的部分地区。

亲亲的湟水河

忘不了，森林风。
忘不了，高原云。
亲亲的湟水河，
养育了土族人。
关山迢递西迁路，
牧马草原易耕民。
三川富庶地，
厚土能生金。
湟水岸边起家园，
万劫过后千古新。

忘不了，黑土情。
忘不了，河湟恩。
亲亲的湟水河，
铸就了土族魂。
七色花袖七色梦，
彩虹挂在土人心。
六月“花儿会”，
“纳顿”[①]舞红尘。
一河乡愁向东流，
中华儿女根连根。

【注释】

①“纳顿”：为祛病消灾、驱邪纳吉、祈福祈愿、酬神还愿而进行的土族传统庙会仪式。主要表演傩舞（会首舞）和傩戏（面具舞）。每年农历七月十二日至九月十五日，青海省民和县三川及其周边地区以土族为主体、少部分藏族和汉族民众参与的以二郎神及其他神灵为祭拜对象的庆典仪式，被土族人称为“纳顿”节，被汉族、藏族人称为“七月会”。“纳顿”节形成了“一庙一会”或“两庙一会”的组织形式与轮值制度。2019 年 11 月，文化和旅游部认定民和回族土族自治县文化馆为纳顿节保护单位（布拉格加注）。

撒拉花开黄河岸

撒拉花开黄河岸，
积石镇西骆驼泉。
撒拉人的生活就像那一朵浪，
撒拉人的历史流淌成这一汪泉。

积石山，
千百年。
一尊骆驼化成仙。
传世文物今犹在，
中华文明更璀璨。
两峡口，
黄河川。

高原一隅小江南。
阿哥种麦香河谷，
阿妹牧羊唱河滩。

街子河，
清水湾。
黄河风浪只等闲。
乡村振兴再出发，
乘风破浪挂云帆。

撒拉花开黄河岸，
积石镇西骆驼泉。
撒拉人的生活就像那一朵浪，
撒拉人的历史流淌成这一汪泉。

畲娘

畲娘[1]生在畲村庄，
畲庄建在半山岗。
千年山地古村落，
深谷幽兰花自香。

畲娘咿呀把歌唱，
二八斗歌[2]觅情郎。
以歌代言“做表姐”[3]，
肚里歌多称“歌王”。

畲娘出嫁穿畲装，
凤冠彩带银饰响。
凤凰带子又带孙，
彩带三尺系鸳鸯。

畲风畲土育畲娘，
山歌飞入大殿堂。
祖传织带“活化石”，
畲族花朵同守望。

【注释】

①畲娘：对贤良勤劳的畲族女子的一种代表性称谓。近些年，畲娘形象通过音乐剧《畲娘》和倡导“魅力畲娘”推进山村建设活动等显得越发生动丰富起来，被赋予了现代审美

意义和榜样性亮点。如同草原母亲这个称谓代表宽宏慈爱的形象一样，畲娘也代表着更为广泛的山村乡镇积极奋进的当代女子形象（布拉格编注）。

②二八斗歌：畲族青年的一种传统斗（对）歌形式。斗歌的序歌部分往往用“五字头”，如：“畲歌畲唉唉，爱斗畲歌行磨来；一千八百哩来斗，一百几十勿磨来。”接着，歌手们便你一条我一条地“斗”起来。这种斗歌形式，就是畲族盘诗会的流变和余绪。

③“做表姐”：畲族陪来客唱歌风俗。流行于福建霞浦等地。凡是当年要出嫁的姑娘，由舅家请去作客，次数不拘。姑娘在此时穿上最漂亮的花衫、围裙，戴上手镯、耳环等首饰，腰系结婚时的长绸带，与母亲一同来到舅家。舅家所在村子里的青年定要陪她唱歌，称“作表姐”。如果姑娘答允，还可到与舅家有亲戚的村庄去唱。有时连唱几夜。

世世代代守边关

道道大山口，
长长边防线。
勇敢的柯尔克孜人，
世世代代守边关。

千年史诗玛纳斯①，
山山水水歌相传。
祖祖辈辈英雄泪，
民族精神贯河山。

如今祖国护边员，
冰山踏雪一年年。
家国情怀腾热血，
中国石刻在心间②。

座座白毯房，
阵阵牧马鞭。
勇敢的柯尔克孜人，
世世代代守边关。

【注释】

①玛纳斯：柯尔克孜族英雄史诗，世界非物质文化遗产之一。诞生于公元9至10世纪，以口头形式流传至今。由民间艺人传唱的韵文史诗，具有民间文学和民间曲艺双重属性。玛纳斯全诗八部各自独立成篇，又相互衔接、结构完整、故事曲折、内容相当丰富。在语言上，玛纳斯的民族特色十分鲜明，常以高山、湖泊、急流、狂风、雄鹰、猛虎来象征英雄人物。

而且是格律诗，几乎囊括了柯尔克孜族所有的民间韵文体裁，如神话传说、习俗歌和谚语等。语言流畅，韵律和谐，便于演唱。玛纳斯与藏族史诗格萨尔、蒙古族史诗江格尔并称中国著名的三大英雄史诗（布拉格加注）。

②中国石：柯尔克孜族女牧民布茹玛汗·毛勒朵受父亲影响，从 24 岁开始，50 年如一日地坚守在祖国最西端的国境线上。在新疆冬古拉玛通外山口，她和边防军人一起巡逻，时刻盯着边防线上的一举一动，维护边疆安全。她刻的 10 万多块“中国石”，延绵在冬古拉玛山、阿拉脱力山、尾巴拉山沿绵长的国境线上。刻中国石，传爱国情，其事迹令人动容。2019 年她荣获“人民楷模”国家荣誉称号。

玛纳斯文化节预演情景

我爱你，塔里木河

你从天山南坡，
匆匆走过。
你从昆仑山巅，
骤然飞落。
你像无缰的野马，
驰骋在浩瀚沙漠。
你像慈祥的母亲，
哺育生命花朵。
啊！我爱你，
伟大的母亲，
伟大的塔里木河。

你把历史沧桑，
缓缓蹉跎。
你向未来希望，
一路高歌。
你是艺术大师，
描绘出大美景色。
你是文化巨匠，
煅造了胡杨品格。
啊！我爱你，
不朽的胡杨，
不朽的塔里木河。

布朗山上有我家

有一个美丽的名字，
她叫西双版纳。
有一个神秘的地方，
布朗山上有我家。
早上观云海，
傍晚落彩霞。

村寨建在河谷里，
四周青山望天涯。
村外桥头搭凉亭，
路旁开满杜鹃花。
竹楼装满亲人爱，
火塘飘香竹筒茶。
阿爹给我讲故事，
阿妈为我纺棉纱。
省城上学离家时，
欢天喜地把歌打。

有一个美丽的名字，
她叫西双版纳。
有一个神秘的地方，
布朗山上有我家。
我爱布朗山，
我爱布朗家。

博格达峰与你作伴

我知道你是谁。
你放牧草原上，
你住在天山北。
博格达峰[①]与你作伴，
白杨河百转千回。
无论你在哪里，
你都是我的兄弟姐妹。

我知道你是谁。
你崇尚办教育，
你热爱生活美。
新的时代与你同行，
撒班节[②]年年岁岁。
穿上节日盛装，
向着幸福我们一起飞。

【注释】

①博格达峰：博格达峰坐落在新疆维吾尔自治区阜康市境内，海拔 5445 米，位于东经 88.3 度，北纬 43.8 度，是天山山脉东段的最高峰。博格达在蒙古语里是神山、圣山的意思，明清时期是漠西蒙古和硕特部的游牧带。博格达峰以奇著称，以险为绝，三峰昂天挺立，银装素裹，神峻异常。三峰之下更是千峰竞秀，万壑流芳，景色迷人。目力所及，遍是原始森林和山甸草原，葱笼青翠，风景如画。

②撒班节：塔塔尔族特有的民间节日，亦称“犁铧节”，每年7月21日，来自伊犁、阿勒泰、和布克赛尔等地的塔塔尔族民众身穿节日盛装，扶老携幼，带着各种传统小吃欢聚在塔城市三道河坝，共同欢庆自己的传统节日，举行歌舞表演及摔跤、拔河、赛马等系列活动。

侗族儿女爱唱歌

侗族儿女爱唱歌，
一人唱来万人和。
歌声飞过山，
歌声飞过水，
歌声飞到了每一个角落。

风雨桥头迎宾客，
鼓楼广场唱大歌。
歌声像白云，
歌声像花朵，
歌声就像寨门前那条河。

侗族儿女爱唱歌，
天籁之音动心魄。
歌声醉日月，
歌声醉嫦娥，
歌声醉了远方的你和我。

大南沟示范乡

大南沟里民族乡[①]，
乌孜别克历史长。
驼铃马道无处觅，
丝路天边雁成行。

大南沟里民族乡，
乌孜别克小村庄。
青山绿水迎远客，
蓝天白云牧牛羊。

大南沟里民族乡，
乌孜别克俏姑娘。
闪耀你的花帽来，
百年绝唱歌飞扬。

大南沟里民族乡，
乌孜别克擅经商。
兴边富民新机遇，
高歌“叶来”[②]献给党。

【注释】

①大南沟民族乡，居民有哈萨克族、乌孜别克族、汉族、维吾尔族、塔塔尔族、柯尔克孜族、回族等多民族，被自治区冠为“民族团结进步示范乡”。

②“叶来”：为乌孜别克民间歌曲的一种，亦称“也勒来”。唱词为多段式律诗，每段四句，每句七音节居多，以表现爱情为主。节奏鲜明，情绪明快，宜为舞蹈伴唱。

察布查尔礼赞

两百年前，
察布查尔先民，
为了祖国的统一，
告别白山黑水，
数千人艰难行军八千里，
远赴伊犁完成西迁戍边壮举。
他们善战善射平乱御敌，
啸傲天山经风雨。
把浓浓的家国情怀，
写进光荣的西迁节日里。

两百年后，
察布查尔人，
依然奋发着坚强的活力。
他们用祖先的荣耀与
现代化的开创精神，
在奇迹般的百里长渠之上，
又开凿出新时代的五彩希冀。
让涓涓的伊犁河水，
连同春光滋润出箭乡振兴的
一片新天地。

独龙江

独龙江，
遥远的边陲，
梦里的地方。
高高雪峰峰连天，
座座青山山叠嶂。
一江碧水从天落，
涛声一路向远方。
啊！这方热土，
是独龙人的千年故乡。

独龙毯，
人人的装束，
千年的模样。
高高雪峰峰连天，
座座青山山叠嶂。
七彩麻纤七色梦，
一缕一线情思长。
啊！这一方彩虹，
是独龙人的幸福渴望。

独龙人，
响亮的名字，
千年的解放。

原初文明三级跳，
路通网通迎朝阳。
全族脱贫梦实现，
独龙儿女感恩党。
啊！这一方百姓，
走在新时代的大路上。

世外桃源迎远客

珞巴儿女远古来，
珞瑜[1]岁月几千载。
雪域民族同根生，
同山同水同血脉。

珞巴儿女大山来，
山高谷深路难捱。
砥砺奋行拓荒者，
珞巴古诗歌长在。

珞巴儿女幸福来，
脱贫新居一排排。
世外桃源迎远客，
共同走进新时代。

【注释】

①珞瑜：又写珞隅、珞渝、珞域、洛隅，地域名称，为珞巴族主要聚居区，位于藏南，大致属墨脱县范畴，介于门隅与察隅地区之间（西巴霞曲是门隅和珞隅的界河，丹巴曲则是珞隅与察隅的界河）。

洮河两岸

我的家在东乡，
西北高原上。
一道道沟来
一道道梁。
茶马路上赶骡队，
唱着“花儿”闯四方。
黄河渡口风卷浪，
羊皮筏子话苍桑。
大山深处的
东乡人，
梦比黄河长。
生活的岁月，
越挫越坚强。

我的家在东乡，
洮河两岸旁。
清凌凌水来
亮堂堂房。
河滩变成“经济带”，
乡村处处新模样。
南阳渠水上山来，
层层梯田披绿装。
大山深处的
东乡人，
花开迎朝阳。
振兴的道路，
越走越宽广。

武陵山水

武陵山，山如画。
五溪水，水无瑕。
土家人世世代代
在这里长大。
历史匆匆向前走，
走过巴人到土家。
五陵山水，
天宝物华，
养育了千年土家文化。

武陵山，山如画。
五溪水，水无瑕。
土家儿女参加长征
从这里出发。
唱着山歌闹革命，
要当红军闯天涯。
五陵山水，
并非桃源，
要把旧社会彻底打垮。

五陵山，山如画。
五溪水，水无瑕。
绿水青山百花艳，
金山银山富万家。

武陵山水，
凤凰涅槃，
新的时代万木发新芽。

夏日塔拉，我的故乡我的家

丝绸古道上，
祁连山麓下。
绿绿的草原，
盛开的小黄花。
夏日塔拉[①]，
我的故乡我的家。
草原上的小黄花，
就是我梦中的她。

金色的牧场，
黑色的骏马。
游曳的羊群，
像飘动的哈达。
夏日塔拉，
我的故乡我的家。
草原上的黑骏马，
伴我一路走天涯。

洁白的毡房，
滚烫的奶茶。
美丽的姑娘，
歌声醉了晚霞。
夏日塔拉，
我的故乡我的家。

草原上的歌声，
是我永远的牵挂。

【注释】

①夏日塔拉，蒙古语及裕固语（裕固族东部语与同语族的蒙古语、东乡语、保安语、土族语等关系密切）意即金色草原。夏日塔拉草原又称皇城草原，位于肃南县城东南的皇城镇，南与青海省祁连县和门源县毗邻，北接永昌县、武威市，东连天祝县，西靠山丹军马场，东西长约951千米，南北宽约72千米，总面积约6840平方千米。在夏季，草原上盛开的花朵便会用金灿灿的颜色将一幅宛如梦境般美丽的画面呈现在人们的眼前，被《中国地理杂志》评为“全国最美的六大草原”之一。

积石山歌

积石山顶飘白云，
田里麦苗绿茵茵。
披红戴绿忙锄草，
谁是哥哥意中人。

积石山坡春草新，
牧笛阵阵追羊群。
风吹“花儿”[①]问妹妹，
嫁给哥哥亲不亲。

积石山下保安村，
打出腰刀“什样锦”[②]，
能工巧匠谁不爱，
嫁人就嫁这样人。

积石山前波涛滚，
大禹治水传到今。
同饮母亲一河水，
共同守护报天恩。

【注释】

①“花儿”：此处一语双关。“花儿”是指流传在中国西北部甘、青、宁三省（区）的汉、回、藏、东乡、保安、撒拉、土、裕固等民族中共创共享的一种民歌形式。花儿产生于明代初年，

因歌词中把女性比喻为花朵而得名，一般用汉语当地方言演唱。由于音乐特点、歌词格律和流传地区的不同，花儿被分为“河湟花儿”“洮岷花儿”和“六盘山花儿”3个大类。人们除了平常在田间劳动、山野放牧和旅途中即兴漫唱之外，每年还要在特定的时间和地点，自发举行规模盛大的民歌竞唱活动——“花儿会”。“花儿”具有多民族文化交流与情感交融的特殊价值（布拉格加注）。

②“什样锦”：保安腰刀，由于其打造技艺精湛，与新疆的英吉沙小刀、云南阿昌族的户撒刀并称为“中国少数民族三大名刀”，在中外都享有盛誉。保安腰刀品种繁多，而“什样锦”为其经典刀款。根据保安族刀匠们的解释，“什样锦”应该是“十样锦”的变音，名称源于这种刀子的刀柄由十样材质（如牛角、玻璃、铜皮等）垒摞而成，外圆内方、外柔内刚（布拉格加注）。

古老茶乡

古老的民族，
古老的茶。
遥远的时光，
美丽的神话。
茶仙下凡来，
德昂族人有了家。
茶是德昂人的根，
房前屋后种满茶。

儿童嬉戏在茶林，
几番茶花人长大。
青年相爱在茶林，
小伙请人送媒茶。
老人徜徉在茶林，
茶香飘落夕阳下。

古老的民族，
古老的茶。
崭新的时代，
民族正芳华。
春风绿边寨，
德昂山茶发新芽。
茶是德昂人的魂，
飞出大山走天涯。

百年茶王老茶树，
枝干古朴叶勃发。
千年酸茶惊世界，
独特酸甜绽香葩。
一包一盏君相送，
一生一世诚无价。

太阳花儿追太阳

三江五河水，
纵横哀牢山。
红河流域墨江城，
北纬二十三度半。
太阳北归转身回，
相拥一日盼来年。
太阳花儿追太阳，
啊！天上的太阳，
把哈尼的山川眷恋。

山高水也高，
梯田入云端。
世世代代哈尼人，
开山凿石英雄汉。
布谷声声催春早，
雕塑大地画江山。
太阳花儿追太阳，
啊！天上的太阳，
把哈尼的文明点燃。

人生常青树，
爱情果最甜。
阿哥阿妹唱情歌，

燕子双双落窗前。
双胞井满甘泉水，
封火楼上心相连。
太阳花儿追太阳，
啊！天上的太阳，
把哈尼的儿女温暖。

我的故乡在宝岛

我的故乡在宝岛，
那里美丽又富饶。
四季如春的阿里山，
云海日出兰花俏。
岁月如歌的日月潭，
苍山入画水中摇。
片片蔗林甜如蜜，
点点渔舟海上飘。
水相依，
山相照，
一湾海峡架心桥。

我的故乡在宝岛，
那里有骨肉同胞。
勤劳勇敢的原住民，
筚路蓝缕拓荒岛。
十六个部落开新河，
文化异彩绽风骚。
同仇敌忾战倭寇，
山山岭岭唱歌谣。
民族兴，
两岸骄，
我和故乡同怀抱。

瑶山瑶水瑶乡美

南岭大瑶山，
八桂红河水，
瑶山瑶水瑶乡美。

大瑶山，
云霞蔚，
奇峰异石满山翠。
春红杜鹃，
夏溪潺潺百瀑飞。
秋桂飘香，
冬日雾淞北风吹。

红河水，
山依偎，
一路长歌九曲回。
青山弄影，
碧波如画紧相随。
渔舟竞渡，
点点白帆彩云追。

瑶乡美，
瑶乡醉，
乡音乡愁一辈辈。

南岭大瑶山，
八桂红河水，
瑶山瑶水瑶乡美。

最美高原城

天下风花雪月，
岁月春夏秋冬。
大理古城告诉你，
人间最美高原城。

最美高原城，
千年白族风。
山环水抱挡不住，
苍洱文化铸文明。

最美高原城，
四季百花红。
蝴蝶泉边蝴蝶树，
金花银花花有情。

最美高原城，
苍山十九峰。
峰峰银冠雪如玉，
缕缕白云岭腰横。

最美高原城，
半月落海中。
三岛四洲赛珍珠，
洱海月色开天镜。

最美高原城，
人间大理梦。
风花雪月好风景，
春夏秋冬好年成。

第二辑　漫步美世界

四季花开（组诗）

红梅花儿红

红梅花，血样红，
血色红梅血性种。
不怕霜刀雪剑，
何惧天寒地冻。
寒彻骨，骨铮铮，
疏影暗香苦寒中。
血一样的色，
血一样的红，
血性男儿梅花红。

红梅花，火样红，
火色红梅火样情。
笑看满天飞雪，
拥抱寂寞严冬。
雪相映，梅与共，
梅雪花开舞天空。
火一样的色，
火一样的情，
冰心一片梅花红。

组诗花卉图片由作者提供

兰 花

你从山中来，
风飘落万家。
春天开，
秋日发。
幽谷幽香满天涯。
你从书里来，
四君又四雅。
圣贤赞，
百姓夸。
千年名贵冠中华。
你是花中草，
你是草中花。
草潇洒，
花无瑕，
花草相宜是芳华。

迎春花

花儿黄，花儿香，
迎春二月吐芬芳。
东风乍暖寒犹在，
日夜轮回几经霜。

花儿黄，枝杪长。
一身纤柔写顽强。
报春信使第一枝，
迎来百花竞开放。

花儿黄，暖洋洋。
一朵一朵小太阳。
温暖人间添春色，
不负韶华好时光。

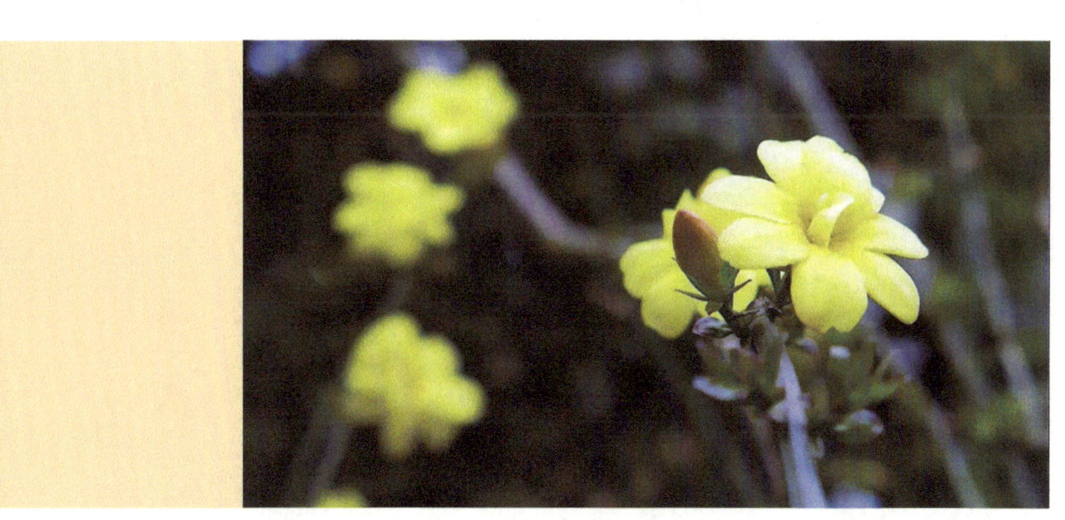

樱 花

朵朵白云，
缕缕红霞，
一团一簇落枝桠。
绚烂春风里，笑在阳光下。
君从何处来，圣山喜马拉雅。
一身血红雪白，
纯洁又无暇。
啊！樱花，
高尚的生命，怎能不爱她！

春风习习，
细雨沙沙。
一瓣一瓣飞天涯。
举杯邀花神，醉在樱树下。
君欲何处去，七天绽尽芳华。
一生如酒如泪，
烈烈又潇洒。
啊！樱花，
精彩的生命，怎能不爱她！

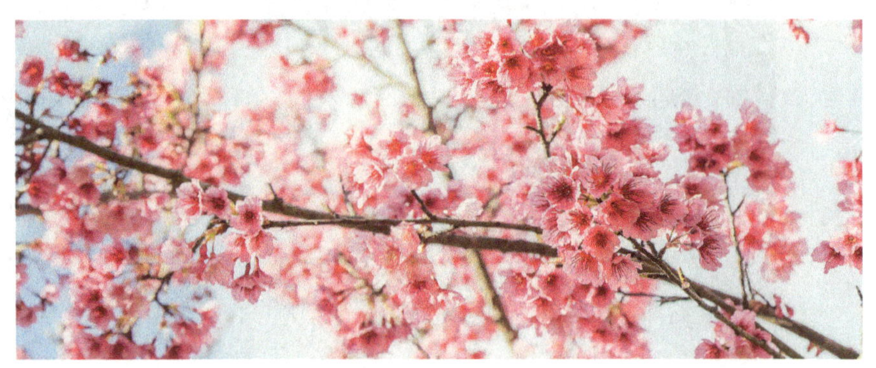

牡丹魂

春渐远，
芳菲尽，
四月牡丹最倾人。
千娇万态，
格高情深，
神笔难绘花似锦。
一朝花开日，
不尽希风吟。
天香绝，
国色真，
一颗一朵重千金。

花间事，
道古今，
牡丹故事最入心。
不畏王权，
亲近万民，
神州大地百花尊。
美丽的图腾，
幸福的化身。
天地灵，
王者韵，
千年一曲牡丹魂。

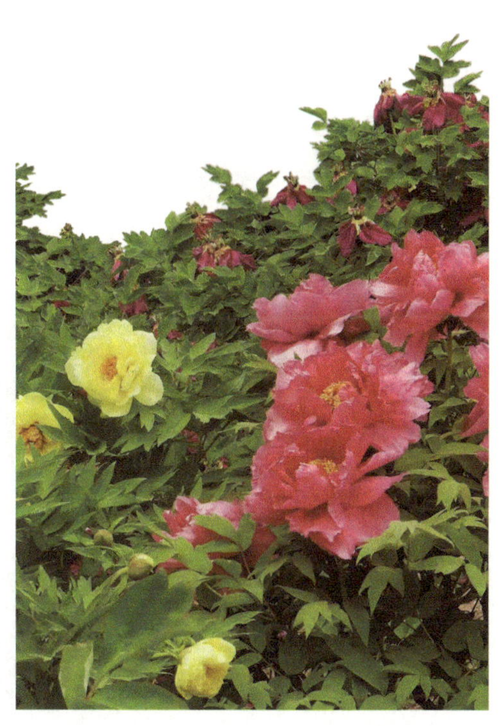

石榴花开红又火

千年的故事
美丽传说。
一树珊瑚绿，
花开一树火。
红了关中，
火了华夏山河。

石榴花开红又火，
红花红心窝，红心结红果。
红果就像红宝石，
心心相拥缔福陀。

石榴花开红又火，
火红新时代，时代唱新歌。
红红火火复兴路，
蓬蓬勃勃大中国。

荷花三咏

夏始春余，不争桃李，
又是荷花季。
芙蕖别样红，莲叶无穷碧。
香幽幽，蜻蜓立，
一一风荷举。
西施下凡来，六月最旖旎。

出水芙蓉，亭亭玉立，
天地生丽质。
不惧迎烈日，不染出污泥。
莲花座，净如玉，
百花怎能比。
一步一莲花，一花一菩提。

荷塘月色，晚风徐徐，
阵阵采莲曲。
折梅送远行，归舟人共语。
丝相牵，花相依，
并藕又并蒂。
一颗莲子心，一生好伴侣。

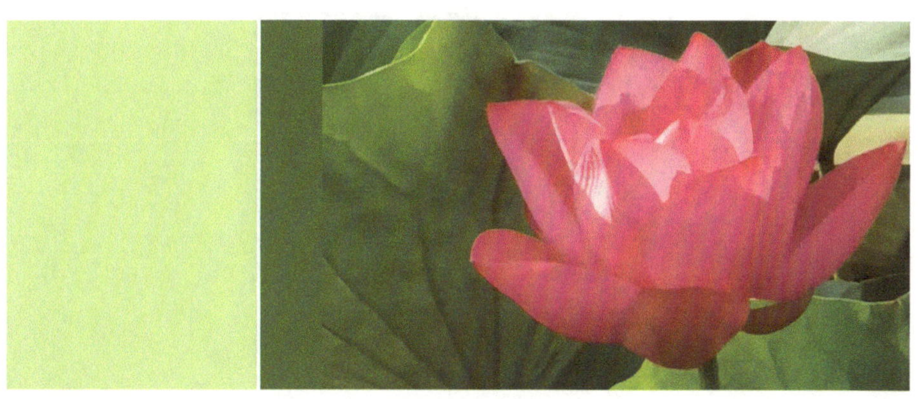

栀子花

栀子花，夏日开，
千红过后一树白。
淡淡花儿香，
记忆中徘徊。
青春白衬衫，
飞扬在脑海。
难相忘，
难相忘那，
简单的日子纯洁的爱。

栀子花，盼知己，
知己来了花盛开。
花开时邂逅，
分别时无奈。
承诺有未来，
梦想中期待。
在期待，
在期待那，
真挚的情怀一生的爱。

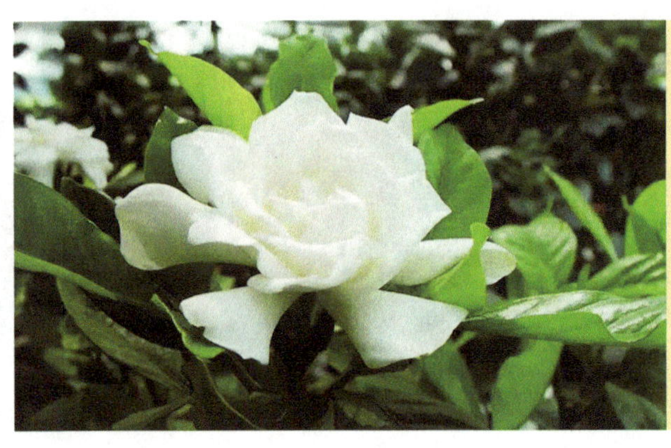

桂花树下望月亮

八月秋风起，十里桂花香，
我在树下望月亮。
吴刚送来桂花树，
人间得芬芳。
月儿圆，家团圆，
父母恩情比那月光长。
摘下金银千万朵，
酿成桂花酒，
送给我的爹和娘。

八月秋风起，十里桂花香，
我在树下望月亮。
蟾宫种下桂花树，
折桂男儿强。
月儿明，星儿亮，
夫妻恩爱比那丹桂香。
裁下桂叶一片片，
编个金桂冠，
送给我的如意郎。

重阳日·菊花酒

重阳日，菊花酒，
露白霜降又一秋。
凌寒独自开，
百花凋落黄花秀。
南山下，东篱酒，
能不忆五柳。
诗也风流，酒也风流。
高风亮节自风流。

重阳日，菊花酒。
金英瑶玉莫悲秋。
千帆竞过后，
百味人生淡如酒。
菊花就，情更悠，
潇洒写春秋。
花开久久，醇香久久，
淡泊宁静自长寿。

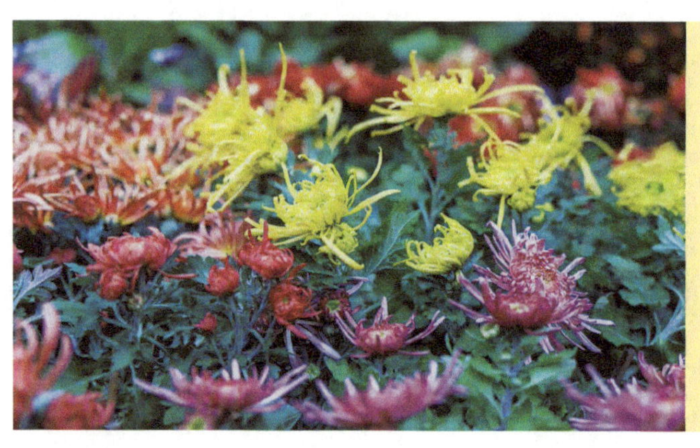

十月芙蓉

好一朵美丽的花，
好一个美丽的名。
十月芙蓉一树树，
五彩云霞一垅垅。
一日三妆，美人初醉，
拒霜花开，霜浓花亦浓。

好一朵美丽的花，
好一个美丽的名。
三湘大地芙蓉国，
千年蜀都叫蓉城。
美丽的花，美丽的名，
吉祥如意，占尽秋风情。

啊！十月芙蓉：
你的笑容最灿烂，
你的名字最动听。

山茶花

我家房前种山茶，
一天一天把根扎。
年年盼她快快长，
我好早点离开家。

我家房前种山茶，
一朵一朵开红花。
新春时节笑迎客，
一树红灯枝头挂。

离家的人梦山茶，
树恋故土人恋家。
几回回夜里热泪洒，
心窝窝里，
是那永远盛开的山茶花。

水仙花

纯纯的白，
淡淡的黄，
一袭碧绿素衣裳。
清清的雅，
幽幽的香，
凌波仙子小姑娘。
寒冬腊月静静来，
一碟清水悄悄长。
借得水仙梦，
红袖添花香。

相伴水仙，
沐浴暖阳，
初心路上不徬徨。

相伴水仙，
呼吸芬芳，
复兴路上正能量。

本组诗部分发表于《中华辞赋》（2020年第9期），《牡丹》（2020年第9期，2021年第5期），《参花》（2021年第3期）等

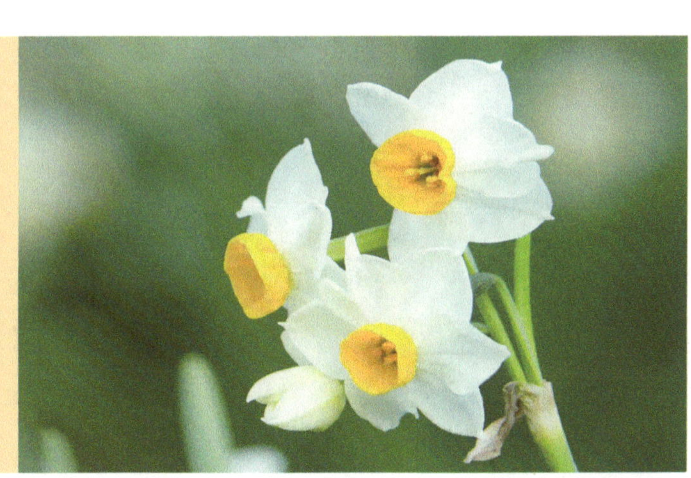

格桑花

门巴姑娘，
格桑花[①]一样。
生在雪山，
长在高原上。
不怕风吹雨打，
任凭烈日雪霜。

门巴姑娘，
格桑花一样。
美丽脸庞，
像那圆月亮。
仓央嘉措长歌，
日夜心中流淌。

门巴姑娘，
格桑花一样。
纯洁心灵，
把幸福守望。
绽放五彩世界，
捧出八瓣芬芳。

【作者随记】
在门巴族民间诗歌里，“萨玛酒歌”与情歌是两个重要歌体。

“萨玛酒歌”分为独段体和多段体，以多段体居多。一首完整的多段体为3段，每段3至5行，每一诗行多由6或9个音节构成。

故习此歌体写就这首。

【注释】

①格桑花：一般是对生长在高原上一些生命力顽强的野花们的总称。是象征幸福和吉祥的花。因其有很多种色彩，又叫做“五色花”。高原有一传说，不管是谁，只要找到8瓣的格桑花，就找到了幸福。

金达莱

金达莱呀金达莱[1]，
长白山上四月开。
冰天雪地育花蕾，
姹紫嫣红报春来。

金达莱呀金达莱，
海兰江畔处处开。
桔梗民谣飘芬芳，
阿里郎唱千年爱。

金达莱呀金达莱，
延边儿女心中开。
红色土壤铸花魂，
一起走进新时代。

【注释】

①金达莱：每年初春，当冰天雪地的长白山上各种树木还没有从冬眠中苏醒过来时，就有一种粉红色的山花迎风冒雪、争春怒放，开得一片红火。朝鲜族叫它“金达莱”。金达莱属杜鹃科类，也称报春花、映山红。金达莱象征着坚贞顽强的奋发精神，所以也成为延边朝鲜族自治州州花（布拉格加注）。

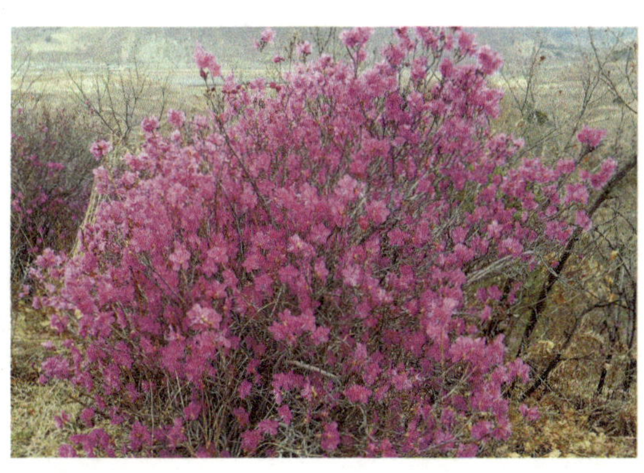

库木勒·柳蒿牙

库木勒——柳蒿芽，
青青的草，
绿绿的花，
冰雪过后春天发。
与兴安岭作伴，
把达斡尔人养大。
狂欢的库木勒节，
就是采摘柳蒿芽。

库木勒——柳蒿芽，
思念的草，
吉祥的花，
达斡尔人热爱她。
小孩的餐桌摆上她，
妈妈的味道把根扎。
游子的行囊带上她，
苦涩的乡愁能放下。
姑娘的香荷装上她，
心底的爱恋永牵挂。

库木勒——柳蒿芽，
年年的草，
代代的花，
达斡尔人感念她。

清苦中品甘甜，
世俗里成大雅。
奋进的新时代，
祖国盛开幸福花。

发表于《中国民族报》，2021 年 11 月 12 日

二龙山

大龙山，小龙山，
二龙戏珠山水间。
这里山色秀，
这里湖水甜，
山秀水甜
我的家乡二龙山。
夏天来了能避暑，
冬季滑雪好休闲。
四季好风景，
哈东后花园。

家乡情，家乡恋，
家乡情深意绵绵。
这里黑土厚，
这里高天远，
高天厚土
我的家乡二龙山。
朋友来了大碗酒，
游子回家尽开颜。
年年梦相思，
四季是家园。

发表于《牡丹》2020年第9期

三月三

桃红柳绿，
江河水暖，
春风又度三月三[①]。
这一天，
人文始祖诞辰日，
炎黄子孙祭轩辕。
这一天，
王母娘娘蟠桃会，
瑶池宴请天上仙。
这一天，
少男少女赶歌圩，
三天三夜唱不完。

春风春雨春光好，
天祐华夏正当年。

三月三，
文明问世，
神州自古出圣贤。
三月三，
文化璀璨，
天地人合美自然。
三月三，
时代承传，
民族复兴大路宽。

【注释】

①三月三：农历三月三，是中华民族的传统节日，其中尤以壮族、汉族、苗族、瑶族为典型。壮族“三月三”，不仅是传统踏青歌节，也是祭拜盘古、布洛陀始祖的重要日子。每至三月三时节，壮族青年男女聚集街头欢歌，汇聚江边饮宴。三月三现已成为广西各族人民的共同节日（从2014年起广西全体公民放假两天），进而也成为弘扬地区特色，彰显民族文化魅力，推动经济发展和促进民族团结的盛大节会，成为中国西南地区对外开放的一大文化亮点（布拉格编注）。

六月六

布依的山常青，
布依的水长流，
布依人的节日六月六①。
感念祖先“水仲家”②，
依山傍水石板楼。
大山深处稻田绿，
晨飘炊烟晚牧牛。
六月六，
月如钩，
风吹秧苗盼金秋。

布依的春光美，
布依的秋色秀，
布依人的节日六月六。
铜鼓八音阵阵起，
有缘相爱歌中求。
格子花开头帕舞，
五色饭香糯米酒。
六月六，
人如潮，
歌唱未来花锦绣。

【注释】

①六月六：布依族最为隆重的传统民族节日。节期在每年农历六月初六，有些地区定在每年农历六月的第一个寅日（即虎场日），也有些地区根据栽秧结束的时间，将节期定在

六月逢“六”的任何一天。“六月六”庆典仪式各地各具特色。镇宁、望谟一带祭“田公田母”，节日各寨聚集一堂，订立保护庄稼和社会公益的乡规民约，共同遵守。水城一带“六月六”要连过3天，外出的人和已出嫁的姑娘也要回家过节。

②“水仲家”：所谓“仲家”，是旧时汉族对布依族的称谓。此称谓之来源，或与种植的“种”有关，谓布依族因善种水稻而被称为“种家”，后谐音写成“仲家”。20世纪50年代前，汉族对布依族有若干称谓，除“仲家”之外，还有一个就是“水户”。之所以称为“水户”，是因布依族历来喜欢傍水而居。打开贵州省地图，可以看到，布依族主要聚居区境内众多河流纵横交错其间，有相当丰富的水利资源。南北盘江、都柳江、白水河、红水河、三岔河、鸭池河、曹渡河、樟江河、六洞河等，是布依族分布地区的主要河流。因稻作农耕而选择傍水而居，又因奇特的喀斯特地貌，造就了布依族居住地区的秀丽山川。贵州的著名景点，如黄果树瀑布、“高原明珠”花溪、兴义马岭河峡谷、安顺龙宫、织金打鸡洞、镇宁犀牛洞和上洞、荔波小七孔、天生桥风景区等，基本分布在布依族聚居区域（布拉格加注）。

旗袍像条河

旗袍像条河，
自然又洒脱。
从白山黑水走来，
走进长江黄河。
金戈铁马的北疆，
小桥流水的南国，
一袭旗袍，
流动出浪花朵朵。

旗袍像条河，
华丽又婀娜。
从三山五岳出发，
追寻时代脉搏。
人类美学的极致，
中华民族的独特，
一袭旗袍，
鲜活了山光水色。

旗袍像条河，
温柔又活泼。
从我家门前走过，
高唱幸福之歌。
远方和诗的梦想，
柴米油盐的生活，
一袭旗袍，
点燃了人间烟火。

白桦树

白桦树，
青春的树。
高高挺立，
冰肌玉骨。
洁白的长裙，
在风中翩翩起舞。
兴安岭的四季，
让你，
经风沐雨展仙姝。
这一刻
相拥白桦，
告别当初，
却久久迈不开脚步。

白桦树，
心中的树。
脉脉含情，
明眉皓目。
光晕中的摇曳，
在高空沙沙倾诉。
古纳河的涛声，
让我，
梦中相忆无尽处。
这一刻，
相拥白桦，

重温幸福，
枕边却滴满了泪珠。

白桦树，
纯情美丽的树。
彰显着青春的挺拔，
象征着一个伟大民族。

银色月亮银色衣

银色月亮银色衣，
苗家姑娘最爱你。
银色月亮是阿哥，
苗家银装最美丽。

每当黑夜走近你，
阿哥月亮就升起。
清水姑娘不寂寞，
心随月亮人相依。

清水姑娘银色衣，
银色衣靓苗家女。
苗家姑娘如清水，
阿哥怎能不爱你。

枫叶红

秋霜降，枫叶红。
红了山谷，
红了山峰，
就像红霞落山中。
一团团火焰，
一幅幅丹青。
要问哪里枫叶美，
故乡枫叶最多情。

秋霜降，枫叶红。
片片红叶，
颗颗红星，
几多相思在梦中。
一只千纸鹤，
一路万花筒。
要问哪里枫叶美，
心中红叶最多情。

小院四季

我家小院三分大，
四季分明四季花。
春来妈妈种蔬菜，
牵牛爬满木篱笆。
夏日彩虹太阳雨，
石子路上光脚丫。
五颜六色秋天到，
树满水果地满瓜。
冬季飘雪不怕冷，
堆个雪人像爸爸。
如今梦里回小院，
邻家娃娃都长大。

发表于《词刊》2020年第3期　　主题摄影：崔文斌

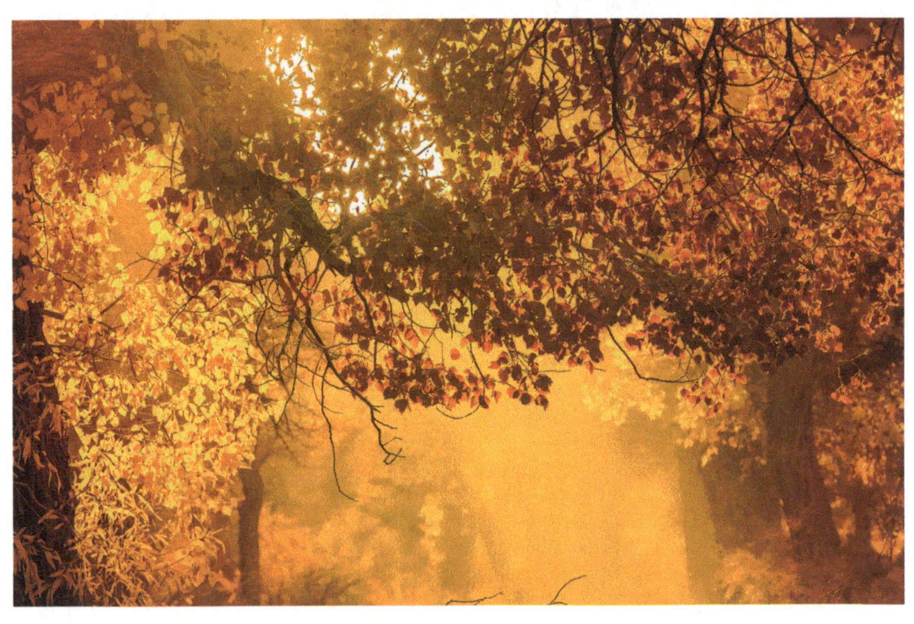

夏雨

夏天的雨，
漫天飞扬。
带着风雷，
披着电光，
荡涤残春的徬徨。
天苍苍，
地茫茫，
雨后见朝阳。
宇宙里的能量，
把生命滋养。
大地有了生机，
万物在生长。

夏天的雨，
夜里来访。
丝丝凉意，
几多忧伤。
芭蕉雨，
打梧桐，
声声诉衷肠。
大自然的情怀，
把灵魂安放。
生命有了希望，
希望在前方。

发表于《牡丹》2020年第9期

七夕夜

七夕夜，
秋云淡，
藤下静静盼。
星辰无际天无边，
牛郎织女最耀眼。
巧云飞，
鹊桥现，
漫漫天河一水间。
望穿秋水终相见，
一夕胜百年。

七夕夜，
人未眠，
家妻切切念。
一世相约千载缘，
山长水阔心相牵。
枕边泪，
苦又甜，
滚滚红尘非等闲。
借得秋风报平安，
盼夫早日还。

一个传奇，爱把世界温暖。
一种浪漫，情在天地人寰。

发表于《牡丹》2020 年第 9 期

中秋月

为什么中秋月最圆？
那是世人天天盼。
一天天，
一年年，
一年只盼这一天。
天下有分合，
人生有聚散。
莫道人世离别苦，
且看一湾海水浅。
终有日，
月最圆，
梦实现，
家国共婵娟。

为什么中秋月最明？
那是世人最多情。
情如山，
情如海，
山海情思望月中。
明月清晖照，
月下琴曲声。
莫说他乡即故乡，
终究月是故乡明。
中秋月，
情独钟。
游子心，
故乡情最浓。

发表于《牡丹》2021年第5期

向着太阳走

小时候，
蹒跚学步走。
不用找方向，
不怕摔跟头。
妈妈说松开手，
勇敢向前走。
老师说，
向着太阳走，
扎扎实实起好步，
一路加满油。

成人后，
征途大步走。
时常遇坎坷，
还有岔路口。
朋友说放开手，
拼搏向前走。
信念说，
向着太阳走，
任凭风云多变幻，
彩虹风雨后。

老来时，
休闲健步走。
林荫道路上，
湖畔风悠悠。

老伴说牵着手，
慢慢向前走。
人生说，
向着太阳走，
脚踏坚实的土地，
夕阳照春秋。

主题摄影：崔文斌

春雨校园

春雨后，校园里，
呼吸醉人的空气。
缕缕轻风，
芬芳四溢。
青翠的校园，
孕育了万物生机。

春雨后，校园里，
漫步湿润的湖堤。
声声蛙鸣，
片片涟漪。
多情的湖水，
藏起了多少甜蜜。

春雨后，校园里，
眺望远方的天际。
依稀云淡，
彩虹升起。
青春的梦想，
插上了腾飞双翼。

敬爱的老师

不是神，不是仙，
不是富豪不是官。
却把千年的文明承传，
把未来的火炬点燃。
能使心灵的种子开花，
使世界旧貌换新颜。
敬爱的老师！
你的职业如此普通，
你的功德却那么非凡。

树有根，水有源。
学子不会忘记，
老师的恩情如山。
一方天地，千般教导，
三尺讲台，几多血汗。
知识最有力量，
把人生的命运改变。

啊！敬爱的老师！
没有你，
就没有学生的梦儿圆。
树有根，水有源。
谁人还会忘记，
老师们的默默奉献。

日复一日，年复一年，
春蚕丝尽，桃李天下满。
青年最有希望，
把复兴的大任承担。
啊！敬爱的老师！
没有你们，
就没有时代的大发展。

发表于《牡丹》2020 年第 9 期　　主题摄影：崔文斌

春天的雨和春天的你

春天的雨，
如丝如缕。
像烟，像雾，
像妈妈的气息。
抚摸着山川，
亲吻着大地。
春天的雨，
把爱恋化作浓墨重彩，
绘出无比绚丽的大写意。

春天的你，
如梦如醒。
像蕾，像溪，
像破土的新绿。
春笋般成长，
杨柳般美丽。
春天的你，
把生机化作青春音符，
唱响激越昂扬的交响曲。

春天的雨哺育了你，
你用生命报答春天的雨。
雨停了，
艳阳高挂在蓝天上，
你笑了，
万紫千红就在春天里。

我爱你，冬天的模样

一片片雪花从天降，
飘飘洒洒，
纷纷扬扬。
洁白了万物，
天地一片苍茫。
远方的山峰卷雪浪，
旷野的脚印沙沙响。
浪漫的雪，
透心的爽。
我爱你，
冬天的模样。

一处处冰场闪闪亮，
晶莹剔透，
镜子一样。
照亮了心菲，
托起人生梦想。
冰道的前方通天路，
耳畔的寒风热胸膛。
纯粹的冰，
透心的爽，
我爱你，
冬天的模样。

一树树雾凇梨花开，
琼枝玉叶，
银菊怒放。
惊艳了冬季，
乍现春天曙光。
人间的奇景如梦幻，
大自然的神功胜绝唱。
神奇的雾凇，
透心的爽。
我爱你，
冬天的模样。

迎春曲

迎春的季节，
是最冷的岁月。
记住彻骨的严寒，
把一年四季告别。
一层层坚冰冻土，
蕴藏蓬勃的世界。
一缕缕春日阳光，
终将照亮漫漫长夜。

迎春的使者，
是飘落的白雪。
拥抱多情的寒英，
把一身尘埃洗却。
一朵朵无瑕琼花，
装点迎春的圣洁。
一树树火样红梅，
携手迎春浪漫相约。

迎春的心潮，
是滚烫的热血。
捧出积淀的梦想，
向新春说声谢谢。
一天天不懈追求，
开拓全新的视野。
一步步坚定向前，
璀璨未来春天书写。

中国书画

书画出中华，
盛开四季花。
一笔一划翰墨写春秋。
五颜六色丹青绘天下。
仓颉造字，
五体结构美无瑕。
史皇作画，
山川物景展奇葩。
历史的书画，
点亮了文明灯塔。
啊！追求大美的民族，
人文璀璨，
江山如画。

图为元代画家黄公望《富春山居图》

书画走天涯，
墨香进万家。
挥毫落纸一方乾坤梦。
泼墨山水抒怀尽潇洒。
继往开来，
写出时代正奋发。
浓墨重彩，
描绘时代好芳华。
新时代书画，
绽放出旭日彩霞。
啊！走向复兴的民族，
日出东方，
江山如画。

第三辑　讴歌新时代

初心不忘

十月风，南湖荡，
红船诞生了共产党。
他为中国找方向，
神州大地现曙光。

天安门，红旗扬，
东方站起了共产党。
他为百姓求平等，
劳苦大众得解放。

小渔村，大开放，
潮头挺立着共产党。
他为人民谋幸福，
家家户户奔小康。

新时代，勇担当，
使命召唤着共产党。
他为民族图复兴，
中华梦圆中国强。

共产党初心不忘，
百年历史多么辉煌。

共产党初心不忘，
未来路上放飞梦想。

发表于《音乐天地》2021 年第 2 期

初心不忘

1=F 4/4
♩=96

马中立 词
邓 垚 曲

啊 党啊党啊 初心不忘 百年历史多么辉煌 啊

党啊党啊 初心不忘 未来路上放飞梦想

十月风，南湖荡，红船诞生了共产党。他为华夏
小渔村，大开放，潮头挺立着共产党。他为人民

找方向，神州大地现曙光。天安门，红旗扬，
谋幸福，家家户户奔小康。新时代，勇担当，

东方站起了共产党。他为百姓求平等 劳苦大众得解
使命召唤着共产党。他为民族图复兴，中华梦圆中国

放 啊 党啊党啊 初心不忘 百年历史多么辉
强。

煌 啊 党啊党啊 初心不忘 未来路上放飞梦想

（间奏） 未来路上放飞梦想 党啊

党啊 初心不忘 党啊 党啊 不忘初

心 党啊 党啊 初心不忘 党啊

党啊 不忘初心 初心永不忘

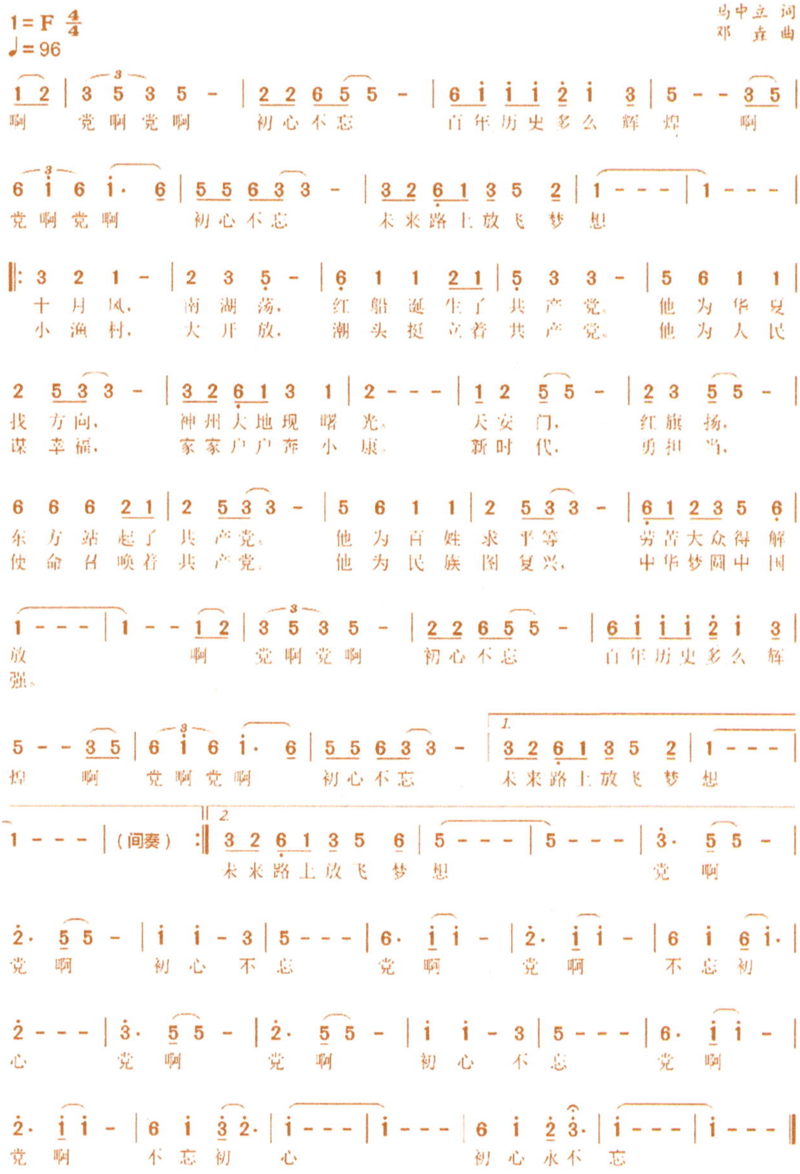

你就是人间天使

当我来到这个世界，
最先看到的是你。
你的大眼睛，
充满了欣喜，
圣洁的白衣是那么难忘记。
天使般的笑容，
善良又美丽。
你就是人间天使，
生命中不能没有你。

当我病痛熬煎之时，
最想见到的是你。
你的一句句，
飘洒着春雨，
温暖的话语是那么神奇。
天使般的祝愿，
真诚又美丽。
你就是人间天使，
生命中离不开你。

当你面临大疫来袭，
天使成为战士。
不一样的敌人，
不一样的战疫。

逆行者，风中立，
殊死一线在这里。
啊！你就是人间天使，
苟利国家生死以①。

当你遭遇误解之际，
天使也会哭泣。
不一样的心痛，
不一样的委屈。
医者心，仁者爱，
一片丹心照天地。
啊！你就是人间天使，
惟愿一身化菩提。

【注释】

①引自林则徐《赴戍登程口占示家人二首》名句："苟利国家生死以，岂因祸福避趋之"。意即：如果对国家有利，我将不顾生死。难道能因为有祸就躲避，有福就上前迎受吗？

庚子除夕夜

除夕夜，庚子年，
万家团聚月沉眠。
疫情命令到，
使命大于天。
放下亲人情，停下年夜饭。
白衣战士紧急出征，
义无反顾直飞大武汉。
千里征途千重险，
亿万同胞盼平安。

除夕夜，庚子年，
万家灯火星阑珊。
“火神”从天降，“雷神”震江汉。
听不到枪声，看不见硝烟。
白衣战士迅速集结，
坚决打赢疫情遭遇战。
军民团结送瘟神，
春暖花开捷报传。

谨以此篇向空军军医大学赴武汉医疗队的战友们致敬！

初稿发表于《中国当代词曲作家》2020 年第 2 期

2022 冬奥会

地球南北极，
一年有四季。
春花秋月夏时雨，
冬雪最神奇。
2022 冬奥会，
北京冰雪季。
奥海的冰，
张北的雪，
长城龙，
舞动起燕赵大地。
冰上芭蕾，
雪场竞技。
冰雪健儿相聚
在非凡的这里。

人类大家园，
地球一村居。
五洲四洋向东方，
北京齐相聚。
2022 冬奥会，
世界冰雪季。
洁冰如梦，
白雪飘逸。
红梅花，
绽放在坝上崇礼。
赛时对手，
赛后兄弟。
冰雪世界凝结起
人类的友谊。

鹿回头

面对无际的大海，
勇敢的梅花鹿长鸣呦呦。
脚下是陡峭的悬崖，
聪慧的精灵倏然回首。
从此，人们口口相传一个美丽的爱的故事
——鹿回头。
上千年来，刀耕火种，沧海桑田，
这里成了一派华夏子女生活的绿洲。

上个世纪后叶，鹿行海岛，椰风又绿，
一座现代化宜居城市
——鹿城三亚，誉满全球。
而今，鹿再回头，海纳百川，
自贸城面向"一路"，昂首阔步向前走。
而今，鹿再回头，山水更青秀。
鹿城人面向大海，四季花开天长地久。

额尔古纳河

额尔古纳河，
蒙古人的母亲河。
半年冰封半年波，
晶莹又清澈。
白雪皑皑，
花儿朵朵，
大美天地多辽阔。
成吉思汗
从这里出发，
一代天娇，
书写了英雄史册。

额尔古纳河，
大中国的北流河。
雄鸡巨冠显轮廓，
蜿蜒又曲折。
千里玉带，
万顷草原，
长调一曲世代歌。
蒙古马精神，
在这里传承，
中华儿女，
向着未来奋力开拓。

发表于 2021 年 10 月 21 日《呼伦贝尔市日报》

鄂伦春之歌

林海莽莽，
江水长长，
鄂伦春人，
勇敢又自强。
一匹马，
一杆枪，
兴安岭上走四方。
狍皮帽，
狍皮装，
冰天雪地狩猎忙。
桦皮船，
桦树房，
桦皮碗里鲜鱼汤。
酒斟满，
肉飘香，
山歌劲舞篝火旺。

林海莽莽，
江水长长，
鄂伦春人，
爱国爱边疆。
山岭下，
新村庄，
中国狩猎文化乡。

博物馆，
新气象，
兴安猎神话苍桑。
青杨树，
新学堂，
达达香花向太阳。
鄂伦春，
新畅想，
民族振兴齐歌唱。

发表于 2021 年 11 月 30 日《呼伦贝尔市日报》

雪域高原新西藏

高高的喜马拉雅山，
群峰昂首欲擎天。
雪域高原新西藏，
千里冰封阳光暖。

滔滔的雅鲁藏布江，
玉宇天河落人间。
雪域高原新西藏，
天河圣水格外甜。

漫漫的茶马古道上，
马帮驼铃千百年。
雪域高原新西藏，
天路天网到天边。

雪域高原，
世界之巅。
雪域精神代代传。
新的时代，
中华梦圆，
扎西德勒谱新篇。

昌乡颂[①]

昌乡男人，
爱太阳。
火红的太阳，
燃起不灭的希望。
仗刀向天歌，
铁锤声声响。
阿昌刀，
阿昌拳，
昌乡男人，
勇敢又坚强。

昌乡女人，
爱月亮。
皎洁的月光，
编织无限的梦想。
包头裹柔情，
腰带伴吉祥。
风梳头，
雨理妆，
昌乡女人，
勤劳又善良。

昌乡儿女爱家乡。
家乡的山四季翠，
家乡的水日夜淌。
阿昌宝刀名天下，
昌乡稻谷处处香。

捧出小锅酒，
跳起窝乐舞[2]，
跳得日月星辰醉，
跳出昌乡新气象。

【注释】

①昌乡：泛指阿昌族居住地。阿昌先民原居住于滇西北的金沙江、澜沧江和怒江流域一带，后来一部分迁至怒江西岸，再逐渐南移，约于13世纪定居于现在的陇川县户撒坝子，另一部分则沿云龙、保山、腾冲迁徙，后定居于梁河地区。

②窝乐舞：即阿昌节日舞。阿露窝乐节（曾称“阿露窝罗”）是阿昌人民的盛大传统节日和法定节日。每年3月20日左右举行，历时两天。届时，热情好客的阿昌民众身着盛装，和着象脚鼓、芒锣的节奏，唱起歌，跳起舞，伴着一声声响彻整个户撒坝子的鞭炮声，舞起青龙、白象，与远道而来的客人们共享节日的快乐。

唱响西宁

远古羌游地，
千年话西宁。
唐蕃古道黄金路，
青藏高原第一城。

塔尔寺上，
祥云朵朵飞。
青海湖畔，
百鸟齐争鸣。

多情的日月山，
茶马互市，
和亲一统，
把历史感动。

厚爱的湟水河，
奔向母亲，
春潮澎湃，
滋养万物生。

江山新时代，
幸福在西宁。
一带一路大舞台，
美誉世界凉爽城。

一城山水，
三川岸柳绿。
丁香满路，
芬芳百花红。

西宁啊西宁，
美丽的西宁。
沧桑的历史，
时代的风情，
昂首阔步现代化，
一路沐春风。

马拉松之歌

东西南北中，
跑过了多少城。
一年又一年，
跑过了春夏和秋冬。
人类运动千百种，
我们最爱马拉松。
同一支队伍，
集合了工农商学兵。
同一个赛场，
不分男女老中青。

一步一艰辛，
一路好风景。
挑战极限，
怎能不热血沸腾。
超越自我，
方可称真的英雄。
马拉松，
生命强者的主旋律。
马拉松，
人生路上的新长征。

过 年

有个节日叫过年，
正月初一这一天。
农历佳节年最大，
岁岁轮回代代传。
新桃换旧符，
大红福字贴门前。
爆竹辞旧岁，
迎春彩霞飞满天。

有个节日叫过年，
除夕晚上年夜饭。
游子不畏千里路，
只为膝下道平安。
喝一口老酒，
洗去风尘周身暖。
吃一顿饺子，
幸福荡漾心里甜。

有个节日叫过年，
家家户户看春晚。
晚会现场发红包，
还有小孩压岁钱。
欢天喜地歌，
年年岁岁不一般。

难忘今宵曲，
岁岁年年常相伴。

啊！幸福中国年，
中华儿女合家欢。
幸运新时代，
民族复兴大团圆。

发表于《参花》2021年第3期

海南木棉花

木棉树开木棉花，
花红满琼崖。
染红了海岛春色，
烧红了天边云霞。
高高的躯干，
一树树向天挺拔。
遒劲的枝杈，
盛开着一朵朵鲜艳的大红花。

英雄树开英雄花，
花红满琼崖。
传承着红色血脉，
高擎起革命灯塔。
红色的琼崖，
一代代英雄奋发。
自由贸易港，
创造出新时代海南的大繁华。

木棉树啊英雄树，
木棉花啊英雄花。
英雄的海南，
木棉花开，
四季芳华。
英雄的海南，
面朝大海，
拥抱天下。

龙腾狮舞大气派

世界大舞台，
中国站上来。
龙腾出江河，
满天尽华彩。
狮舞送吉祥，
锣鼓云天外。
地球村里，
人类家园共命运。
以和为贵，
东方文明有情怀。
中国制造，
人类财富共分享。
惠及万众，
生活就用中华牌。
一带一路，
五洲四海共发展。
筑梦天下，
中华民族强起来。
啊！世界大舞台，
中国站上来。
龙腾狮舞大气派。

对话胡杨

我看你一眼，
你望我千年。
你走过了冰川时代，
见证了海陆变迁。
纵然身处荒沙戈壁，
历经酷暑严寒。
你却是根深千尺，
枝叶参天。
春天，
你播种一抹绿色，
秋天，
你捧出金色奇观。
在浩翰的大漠里，
生命有了希望，
人间有了温暖。

啊！不屈的胡杨，
千年的守望，
守望着生命的家园。

我看你一眼，
你望我千年。

主题摄影：崔文斌

你完成了生命绽放，
告别了大漠孤烟。
既使褪去五光十色，
剩下一己躯干。
你仍是昂扬屹立，
坚强伟岸。
今世，
你固守初心不改，
来生，
你高举薪火相传。
在人类的心灵里，
精神有了丰碑，
奋斗有了期盼。

啊！不朽的胡杨，
千年守望，
守望着生命的苦恋。

2023年由诗电影平台重点发布

附　录　试笔古诗词

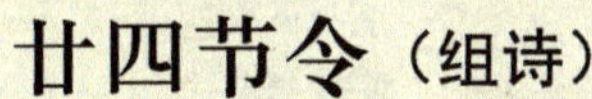

廿四节令（组诗）

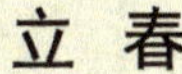

立 春

寒雪难压冬岁梦，
立春唤醒复兴魂。
龙年正是腾飞日，
跃上苍穹化作鲲。

雨 水

灯火元宵飘雨水，
冰开雪退鳜鱼肥。
如烟草色黄花艳，
不尽苍穹雁北归。

组诗主题篆刻：周建远

惊蛰

二月雷鸣天地动，
巨龙昂首百虫惊。
桃红笑看李花白，
草色春光万物生。

春分

昼夜均长花意闹，
春光半壁木兰娇。
旧时燕子寻家舍，
忽闻醇香梁上飘。

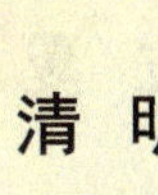

清明

清明大悟命和魂，
来去轮回谢祖亲。
细雨杏花千载事，
尽忠守孝慰红尘。

谷雨

布谷声声烟火早，
蛙鸣片片落花池。
三春细雨饶培土，
正是希望播种时。

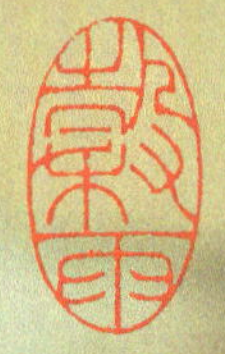

立夏

几点残红犹未忘，
风微雨数柳丝长。
绿荫满目农禾翠，
万种芬芳夏麦香。

小满

碧满山川禾满地，
麦香四月盼丰年。
细品野菜方知苦，
小满人生赛过仙。

芒种

收麦插秧三夏日，
青梅煮酒正当时。
古来豪杰千般砺，
芒种农家万颗期。

夏至

日长影短年年至，
新麦吹来扑鼻香。
尔等莫烦三伏热，
蝉鸣荷上近秋凉。

小 暑

温风入室炎潮涌，
蟋蟀庭前促织鸣。
烈日长空飞鸷鸟，
无荒好乐始峥嵘。

大 暑

上蒸下煮煎三伏，
骤雨飙风未见凉。
茶里乾坤消溽热，
梦中五谷长疯狂。

立 秋

凉来暑去西风起，
犹见寒蝉枝上留。
桂子飘香桐叶落，
人间最美是金秋。

处 暑

伏过风轻热未央，
天高气爽乍秋凉。
恰逢此季中元节，
皎月荷灯绿水长。

白露

月下蒹葭零露湛，
先秦风吹美诗篇。
朝来秋思千千万，
串串珠玑大雁传。

秋分

最是一年收获季，
菊黄蟹满桂飘香。
秋分乃制丰收节，
耕者初心始未忘。

寒露

露叠霜凝交菊月，
黄华遍地又重阳。
登高把酒遥相念，
时令三秋好个凉。

霜降

霜打深秋寒气肃，
菊花杯里韵自浓。
百花莫叹风中谢，
更有枫栌照眼红。

立冬

落叶纷飞无菊色，
萧条不必叹流年。
又将一季风光觅，
梅雪争春花满天。

小雪

雨落冬门凝作雪，
枝头挂满六棱花。
丰收十月忙存贮，
留住阳春乐万家。

大雪

冰封万里百虫眠，
大漠琼花舞九天。
绿蚁红炉迎大雪，
诗浓茶淡话经年。

冬至

冬至九天寒未了，
夜长阴盛物萧条。
易周节气初开日，
否极阳生正此宵。

小 寒

人说九天寒最彻，
红梅恰自雪中开。
一枝一朵暗香涌，
胜似春风扑面来。

大 寒

冷至巅峰寒到尽，
千年腊粥暖心田。
雪飘冰舞冬城热，
北国风光四月天。

本组部分入选 2020 年《中国诗词年选》
发表于《中华诗词》2021 年第 8 期

十二生肖（组词）

如梦令·鼠

相首子神聪慧，
打洞夜行无二。
族旺伴年丰，
共与百家迁徙。
非议，
非议，
存在自然合理。

组词主题篆刻：周建远

十六字令·牛

牛，
步入新年愈壮遒。
人人念，
尔可佑神州。

牛，
抖擞精神昂起头。
乾坤转，
一扫旧春秋。

牛，
踏实耕耘无所求。
冲天气，
五业大丰收。

【作于辛丑（牛）年到来之即】

破阵子·虎

雄踞山林霸主，
独行伟岸堂皇。
铁爪钢牙浑体胆，
一啸生风震八荒。
山君百兽王。

将士自当学虎，
方能血脉贲张。
卫国保家何惧死，
征战沙场威赫扬。
挥麾看我强。

清平乐·兔

月清星灿，
极目银河远。
玉兔传奇从未断，
相伴蟾宫无怨。

今日玉兔高歌，
任由天地穿梭。
一路嫦娥共舞，
腾飞神州山河。

水调歌头·龙

天地出神兽，
中原喻人皇。
图腾装满期盼，
终古战洪荒。
龙状黄河九曲，
势若长江浩荡，
犹见长城长。
譬我炎黄族，
神话写苍桑。

蛰龙起，
寰宇动，
卷苍茫。
横空出世，
雷暴雨骤任风狂。
笑看百年变局，
且待初心方得，
国运在东方。
龙凤齐飞舞，
天下共安康。

喜迁莺·蛇

灵蛇舞，
显龙头，
天地共遨游。
长河《山海》向东流，
经典写千秋。

走若风，
行如电，
内烈外柔能战。
且传白氏女仙情，
万世续美名。

念奴娇·马

追风逐电，
烈腾蹄声疾，
神行千里。
八骏下凡烟火梦，
燃起人间欣喜。
不念安危，
沙场争战，
生死同相系。
驾鞍千载，
不言松怠劳累。

故国万里江山，
风华时代，
铁马书青史。
历尽沧桑仍踔厉，
抖擞一身淳美。
龙马精神，
生生不息，
振奋神州地。
东风春晓，
看吾红日升起。

图为郎世宁画马

一剪梅·羊

远古苍天送吉祥。
南粤五仙，
开泰三阳。
生来知道跪娘亲，
吮乳知恩，
仁孝无双。
青草无多做食粮，
奉献终身，
大德高彰。
白云朵朵牧歌扬，
性本群和，
慈爱无疆。

忆王孙·猴

攀藤爬树啸山中，
远祖仙名孙悟空，
盖世精灵八面聪。
问苍穹，
天地人猿造化同。

蔡铣画作

西江月·鸡

头冠红霞威武，
身披彩锦娇娆。
五更四季司晨朝，
万户千家起早。

唤醒青春懵懂，
比肩飞凤情操。
光阴无价莫逍遥，
拥抱黎明春晓。

江城子·狗

昼随家主夜守更，
业兢兢，
不言功。
亲仇爱恨，
自小就厘清。
三里之遥辨敌友，
嗅听绝，
有奇能。

一生陪伴一生情，
最忠诚，
不相争。
古来岁月，
人犬共如朋。
反恐救灾盲道显，
人称颂，
立殊荣。

柳梢青·猪

元帅天蓬，
生肖榜尾，
六畜其中。
耳大头肥，
体膗嘴壮，
憨态从容。
为人类记头功，
拱门户，
家和岁丰。
无欲无求，
无忧无虑，
何等心胸。

短章二十首

梅 花

暗香飘落三冬雪，
百木凋零一树红。
血色灵魂镕傲骨，
化为泥土唤东风。

咏 竹

雨打流光青翠滴，
风吹涛色向天扬。
霜浓雪重方葱郁，
君子生来当自强。

蜀葵花

七月葵花专姓蜀，
九州吐艳傲苍天。
朝开暮落繁如锦，
逐梦追阳世代传。

仲春赏腊梅

梅香沁肺六神畅，
疏影黄花向太阳，
林畔一畦春草绿，
种栽四季好文章。

垂钓

城外垂纶三四里，
有牵无挂淡云徐。
溪流东去年轮转，
只钓光阴不钓鱼。

冬 泳

冰上儿童戏，
长河冰底流。
心头天地阔，
当可放轻舟。

春谒古寺

春花环古寺，
法雨入幽芳。
人在红尘里，
心香一柱长。

发表于《中华诗词》2021 年第 4 期

秋夜湖畔

湖底藏明月，
闲云水中游。
镜空垂柳绿，
乡思在深秋。

香山红叶

四季踏香山，
炉峰月月攀。
百花惊眼过，
秋叶见红颜。

坡峰岭观红叶

秋叶满坡岗，
山行见白霜。
枫栌红两树，
思绪几多长。

发表于《中华诗词》2021年第4期

白帝城

白帝千年三峡恋，
夔门万里大江过。
古来奉节风骚事，
留下前贤不尽歌。

田螺坑土楼

四菜一汤①谁造就，
客家儿女古来留。
千年民宅惊寰宇，
世界文明话土楼。

【注释】

①“四菜一汤”：是指位于福建省南靖县的田螺坑土楼群。

哈尔滨中央大街

石桩为路客徘徊，
无字无痕大舞台。
世纪冰城千缕梦，
一街写满喜和哀。

黄果树瀑布

白水[1]自天降，
黄果照壁岗。
至今思霞客，
大瀑美名扬。

【注释】

①白水：黄果树瀑布古称白水河瀑布，照壁山位于黄果树瀑布景区。该瀑布由徐霞客最早发现并作有详细记述。

忆江南·百里杜鹃

如诗画，
毕节杜鹃花。
一束彩虹长百里，
八方春色显奇葩，
山翠入云霞。

音乐之岛——鼓浪屿

天宫乐谱落人烟，
鹭岛长歌胜大仙。
日月[①]相辉难入梦，
任听鼓浪枕涛眠。

【注释】

①“日月”：特指日光岩和皓月园两处景观。

游奥森公园有感

奥海笑迎天下客，
仰山四季气场新。
昔年大举惊环宇，
留下名园乐万民。

兴安岭秋

树绿枝红叶紫黄，
秋风一夜巧梳妆。
五光十色兴安岭，
四季观光好地方。

春游白虎涧

白虎涧旁青石路，
桃红树树染山坡。
千阶万福抬头望，
更有攀岩向上歌。

辛丑立冬初雪

满城千顷雪，
红树绽银花。
一夕不言梦，
晨冬入万家。

节日随笔（组诗）

元 旦

地绕天牵转一轮，
年来日复启元春。
千民万众迎开曙，
光耀前行梦作真。

春 节

节日古来年最大，
岁赓烟火气升华。
桃符灿灿栽新梦，
四叶青青草若花。

元宵节

人闹元宵花闹灯，
月光星雨火龙腾。
圆团装满千年梦，
一夜东风万物兴。

贺三八

两会欣逢三八节，
木兰议政建言嘉，
三年疫战真功伟，
天赠朝霞地捧花。

致敬母亲节

苦甘痛彻为人母，
舍己无私舐犊情。
教子须当尊孟仉，
只期民族不图名。

劳动节

劳动生来诚伟大，
洪荒宇宙诞灵娲。
补天造物遵凭器，
赓续文明无际涯。

青年节

旭日初升朝气勃，
云遮雾障任蹉跎。
春秋冬夏皆温暖，
火样青春唱大歌。

如梦令·端午

岁岁龙舟竞渡。
香粽飘撒无数。
谁不念平原，
留下辞骚万古。
端午。
端午。
不尽思怀永驻。

中元节

秋孟中元念祖先，
河灯夜放数千年。
借来宇宙洪荒力，
复振中华一片天。

国庆节

五星璀璨耀红宇，
一扫阴霾朗世今。
何惧复兴征路险，
擎旗踏浪见丹心。

寒衣节

叶落雁回秋已去，
古来岁祀送寒衣。
世间自有温情在，
不信春风唤不归。

海南行吟

（三首七绝）

三角梅

三角梅[①]红四季开，
向阳绽放格如玫。
平生不是鹿城客，
立户天涯海角来。

【注释】

①三角梅为三亚市花。

海口骑楼老街

宜居利市看骑楼，
贾往人行上百秋。
裁下南天云一朵，
椰城雨落写乡愁。

陵水清水湾

大道林荫清水湾，
银涛碧浪海天间。
南风吹得游人醉，
神曲沙鸣唱大寰。

白桦林

古纳风来远俗尘，
初心飞向梦中人。
百尺玉骨惊天直，
千缕柔眉扑面真。

日暖时分情妩媚，
夜寒秋晚爱情纯。
桦林万顷河畔立，
一幅丹青万古春。

宽甸

辽东宽甸在何方[1]，
东起长城是故乡。
火映烽台连大海，
兵挥虎岭作沙场。

三江六水琉璃色，
百瀑千峰翡翠光。
更有青山无限景，
不输九寨胜天堂。

【注释】

①宽甸：即丹东市宽甸满族自治县。

发表于《中华诗词》2022 年第 6 期

水调歌头

贺脱贫攻坚战胜利

贫困何时灭，
长恨几千年。
前贤先圣高喊，
耕者有其田。
红色初心问世，
使命践行未断，
重整旧河山。
穷白本原貌，
瘠醨沃醇难。

新时代，
大决战，
打攻坚。
一声命令发布，
尽锐赴前沿。
精准帮扶到位，
“两不三保”落地，
胜利凯歌还。
人间出奇迹，
史册著诗篇。

2020年入选《中国诗词年选》

关中感怀

关中自古圣君贤，
炎帝文明始相传。
秦汉大同华夏定，
隋唐鼎盛族林先。
渭河水泽东方土，
岐岭风飘宇宙圈。
天降伟人承大业，
梦圆复兴在今天。

2020 年入选《中国诗词年选》

牡丹颂

（五律）

唐代群英首，
诗仙著华章。
春风书国色，
神洛送天香。

富在朱门府，
贫居草屋旁。
花魂千载铸，
王者自芬芳。

发表于《鸭绿江》2020年第7期

梵净山

（七绝）

梵天净土武陵巅，
金顶红云一线天。
世外飞来菇石客，
笑迎檀越洗尘烟。

致敬航天追梦人

古楚问天惊浩渺，
今人追梦自翱翔。
仙人曾掬月宫水，
勇士来寻银阙光。

探火祝融星汉远，
指南北斗碧空长。
航天更有凌云志，
欲把丹心举太阳。

本诗入选中华诗词学会《诗颂新时代·歌咏感动中国人物》，线装书局，2021

后记

《石榴花开红又火》集诗成书，欣喜之余，感慨良多。

作为一名忠实的诗歌爱好者，中学伊始，我便徜徉在诗歌的海洋，从阅读抄记、研学赏析到创作吟诵，一路走来，有以下几点切身体会。

一是兴趣与热情。学习是获得知识和能力的途径，更是生活的快乐陪伴。人生就是不断学习的过程，不同的人生阶段，有不同的学习重点。退休后的诗歌学习，因喜欢而快乐。兴趣所在，总是热情盎然。几年来，我学习了大学中文专业教材，泛读了《诗经》《楚辞》《唐宋诗词》等书籍，订阅了《中华诗词》《词刊》等杂志。从中汲取艺术营养。这些学习是我创作诗歌的源动力。

二是感恩新时代。伟大的时代召唤伟大的精神，伟大的时代造就可歌可泣的伟业和人文。“文章合为时而著，歌诗合为事而作”。新的时代，我们迎来了建党一百周年，我创作的《七律·航天追梦人》入选《诗颂新时代·歌咏感动中国人物》，歌诗《共产党初心不忘》在《音乐天地》刊出，并由作曲家邓垚谱曲，歌唱家许红霞演唱。新的时代，我国脱贫攻坚战取得了全面胜利，贫困地区特别是一些边远艰苦的民族地区消除了绝对贫困，人们过上了幸福生活。为此，我创作了《水调歌头·贺脱贫攻坚战胜利》等一系列作品，分别发表在《中国民族报》《今日头条》等。伟大的新时代，是点燃诗歌创作激情的火炬。

三是受教于良师益友。诗歌创作过程是对诗歌学习的升华。在这个过程中，我很幸运地得到了许多诗学大家的悉心指导，也常与众多文人诗友真诚交流，使我的创作水平有较快提升。真可谓点石成金，积水成渊。在格律诗词方面，中华诗词学会常务副会长林峰老师经常“一对一”的授课指导。在新诗、歌诗方面，著名词作家车行老师对我的作品“手把手”修改和推荐。诗歌创作中，解放军报社的徐生老师、空军报的王斌、刘鹏越老师，中华辞赋杂志社的袁志敏、马建勋、戴丽娜老师以及国家住建部司鹏辉同志，都对我的作品提出过极有见地的意见。在诗歌作品传播上，文化学者王曙章、闫清、王冬石、马海萍老师都给予了无私的帮助。他们不仅是我诗歌创作的良师益友，更是我诗歌之路上的加油站。

在诗集出版之际，我要感谢“国家治理研究专项基金”的鼎力支持。要感谢中央民族大学出版社舒松、布拉格老师他们认真负责的专业精神和精益求精的辛勤劳作。还要感谢篆刻家周建远老师，摄影家崔文斌、冯建国等老师，他们作品的加盟，给诗集陡增光彩。在此一同感谢有关地区文旅部门的热心支持，至诚感谢审阅本书的专家学者。

一本诗集，与朋友分享。

不足之处，敬请批评指正。

马中立

2023年盛夏于北京海淀